GUIDE GÉNÉRAL.

Chaumont, typ. et lith. Cavaniol.

GUIDE GÉNÉRAL
DES BAIGNEURS
AUX EAUX MINÉRALES
DE BOURBONNE-LES-BAINS,

Par R.-A. ATHÉNAS,

Ancien Élève des Hôpitaux militaires d'instruction, Pharmacien-Chimiste de la Faculté de Montpellier, Homme de Lettres et Membre de plusieurs Sociétés savantes.

OUVRAGE NOUVEAU,

Contenant l'histoire de la ville de Bourbonne, la description des divers objets d'antiquité qu'on y a trouvés, les propriétés physiques, chimiques et médicales de ses eaux, et les nombreuses indications nécessaires aux étrangers pendant leur séjour en cette ville.

DEUXIÈME ÉDITION.

SE VEND A BOURBONNE,

au nouveau Cabinet littéraire seulement.

A Monsieur

DE FROIDEFOND DE ROVIGO,

Préfet du département de la Haute-Marne,

Chevalier de la Légion-d'Honneur.

Si c'est une haute faveur de pouvoir placer en tête de cette notice sur Bourbonne et ses eaux thermales, le nom de M. de Froidefond de Rovigo, préfet de la Haute-Marne, c'est également une preuve nouvelle de la grande bienveillance et de la sollicitude attentive que cet honorable magistrat daigne accorder à tout ce qui, de près ou de loin, se rattache aux intérêts moraux et matériels de notre département.

ATHÉNAS.

I.

STATISTIQUE

DE LA VILLE DE BOURBONNE.

Bourbonne-les-Bains est la ville la plus intéressante du département de la Haute-Marne, à cause de ses eaux minérales. Bâtie à l'extrémité et sur les versants d'une colline, elle s'étend dans deux vallons adjacents, dont l'un au nord est traversé par la rivière d'Apance, et l'autre au midi est arrosé par le ruisseau de Borne ; elle est située dans la portion du département qu'on nomme le Bassigny et sur les confins des Vosges et de la Haute-Saône.

La population de Bourbonne est de 4,150 habitants, et l'étendue de son territoire, qui a près de cinq lieues de circonférence, est ainsi divisée :

Forêts	1,700 hectares.
Prairies.	260
Vignes	450
Terres labourables .	900
Total	3,310

Le canton dont Bourbonne-les-Bains est le chef-lieu est composé de 16 communes, donnant une population de 16 à 18,000 individus. Ces communes sont :

Aigremont, Arnoncourt, Beaucharmoy, Coiffy-le-Haut, Enfonvelle, Damrémont, Fresnes, Genrupt, Larivière, Pouilly, Melay,

Montcharvot, Parnot, Serqueux, Villars-Saint-Marcellin.

Quatre routes départementales parfaitement entretenues mettent la ville de Bourbonne en rapport avec la Champagne, la Lorraine, la Bourgogne et la Franche-Comté; et l'établissement de plusieurs chemins de grande communication achève de la rendre le centre d'opérations commerciales très étendues.

Les seuls établissements publics remarquables à Bourbonne sont les bains civils et l'hôpital militaire. Nous engageons les étrangers à visiter ce dernier, qui passe à juste titre pour un des plus beaux de la France. Quant à l'église de la ville, dont la construction remonte au douzième siècle, elle nécessite un agrandissement et de grandes réparations. L'hôtel-de-ville, bâti en 1822, ne répond ni au goût ni aux ressources de ce temps-là.

Il existait autrefois à Bourbonne un couvent de capucins, situé dans la rue de ce nom ; mais il fut en partie détruit après la révolution. On trouve aussi quelques bâtiments, restes d'un prieuré qui fut fondé en 990 sur une colline au sud-est de Bourbonne, mais qui aujourd'hui se lie à la ville par les nombreuses constructions qui se sont étendues jusque là.

Nous avons démontré souvent l'utilité et la possibilité d'établir à Bourbonne un hôpital civil pour les pauvres infirmes, à qui les eaux thermales pourraient être profitables. Espérons donc que les ressources locales, les legs considérables et les quêtes productives que font chaque année parmi eux les étrangers, détermineront l'administration municipale à fonder au plus tôt ce noble établissement.

La ville de Bourbonne ne possède pas encore une salle de spectacle, mais elle offre en revanche plusieurs promenades fort belles. La première est appelée *Promenade*

Montmorency, parce qu'elle était autrefois un parc qui faisait suite aux jardins d'une vaste maison appartenant à la famille de Montmorency. L'étendue de cette promenade, la largeur et la régularité de ses allées, concourraient à en faire un lieu de réunion très fréquenté, si elle était plus rapprochée des quartiers habités par les étrangers.

La seconde porte le nom de *Promenade d'Orfeuil* : elle consistait autrefois en plusieurs rangs de grands et beaux tilleuls qu'avait fait planter, en 1770, l'intendant de Champagne, qui lui laissa son nom ; mais comme le sol où elle avait été créée était bas et humide, l'administration municipale la fit arracher en 1834, après quoi elle y fit tracer et planter celle qui existe aujourd'hui.

Des tapis de verdure, des corbeilles de fleurs, une vue des plus pittoresques, contribuent à faire du jardin de l'établissement thermal une promenade fort agréable.

Sous le rapport commercial et industriel, Bourbonne n'offre aucune spécialité. Pourtant, la coutellerie que l'on y fabrique est d'une excellente qualité; et nous engageons les dames à s'approvisionner en cette ville de gâteaux de pâte d'amandes que leur qualité fait souvent exporter au loin.

La présence du grand nombre d'étrangers qui viennent chaque année faire usage des eaux, a principalement contribué à augmenter chez les habitants de Bourbonne leur tendance à user de tous les moyens possibles pour accroître leur prospérité. Aussi rencontre-t-on chez eux des soins, des égards et la plus grande politesse, comme on trouve encore dans les maisons qui offrent des logements aux baigneurs une extrême propreté et cette nourriture saine et confortable qui convient à l'usage des eaux.

Si la ville de Bourbonne a longtemps été présentée comme dénuée de toutes ressources d'agrément, si ses eaux minérales ont longtemps été considérées comme douées d'une activité dangereuse, le nombre des étrangers qui les fréquentent aujourd'hui, nombre qui va s'accroissant chaque année, prouve le peu de confiance qu'on doit accorder à tant de fausses relations.

Eloignés du centre de leurs affections et de leurs habitudes, privés peut-être de tout le confortable qu'ils trouvaient au sein de leur famille, il n'est pas étonnant que beaucoup de malades vieux et impotents n'emportent de Bourbonne qu'une opinion défavorable. Comme c'est l'eau minérale seule qu'ils viennent chercher, il leur importe peu que la ville offre des amusements nombreux et variés, de jolies promenades et des sites agréables; pour eux l'horizon est borné au mur de l'hôtel qu'ils habitent, et ils ne connaissent de Bourbonne que ce qu'ils en voient chaque jour dans le trajet de leur logement à l'établissement thermal où ils arrivent portés dans des chaises ou bien appuyés péniblement sur les bras de leurs domestiques; mais les nombreux baigneurs à qui leur genre de maladie permet d'user des agréments qu'offrent la ville et ses environs, sans crainte de porter atteinte à l'efficacité des eaux, mais au contraire avec la certitude d'en favoriser l'action, ceux-là, dirons-nous, ont besoin d'être éclairés sur les distractions et les plaisirs qu'ils peuvent rencontrer en ce pays, afin qu'ils n'aient pas le droit de se plaindre, comme ils le faisaient précédemment, du manque absolu de ressources contre l'ennui qui les assiége.

Des vues dignes d'occuper les personnes qui aiment le dessin ou la peinture, des promenades offrant des sites agréables et pittoresques où l'on peut exercer ses connaissances botaniques et géologiques ; pour les industriels et les agronomes, sinon des innovations, au moins une pratique bien raisonnée donnant d'heureux résultats ; quelques ruines attestant des célébrités éteintes ; tout cela suffit, nous pensons, pour apporter un désennui aux personnes qui peuvent ou qui veulent bien en user ; car combien n'en avons-nous pas entendu se plaindre de la monotonie du séjour de Bourbonne, lors même qu'on leur indiquait chaque jour de nouveaux sujets de distraction dont ils refusaient obstinément de profiter !

Combien de gens encore, soit par mauvaise volonté, soit par une conviction mal fondée, n'ont-ils pas cherché à éloigner de Bourbonne les personnes qui auraient pu s'y rendre par partie de plaisir, en désignant ses eaux comme trop actives et même dangereuses pour les individus jouissant d'une bonne santé! Sans ce préjugé enfanté par l'ignorance, Bourbonne pourrait aujourd'hui, comme tant d'autres lieux d'eaux minérales, être le rendez-vous d'une société plus nombreuse et plus amie des plaisirs.

C'est donc ici le cas de répéter ce qu'a dit M Renard : « que si jamais l'action des

» eaux de Bourbonne a pu sembler dange-
» reuse et susceptible d'inconvénients, ce
» ne peut avoir été que très accidentelle-
» ment, à des époques et dans des circons-
» tences où leur administration n'était pas
» encore aidée par un heureux concours de
» moyens, ni soumise à des règlements
» sévères, où l'expérience de leur usage,
» aux prises avec les déceptions d'un en-
» thousiasme local et routinier, n'avait pas
» encore été suffisamment épurée, guidée
» par la noblesse des considérations nées
» du perfectionnement des connaissances
» médicales, et qui doivent élever de plus
» en plus ceux qu'on en voit aujourd'hui les
» dépositaires, au sentiment de leur dignité,
» comme à la haute préoccupation des inté-
» rêts généraux de leur science. Il est donc
» bien évident que rien ne saurait aujour-
» d'hui soutenir et justifier, sous aucun point
» de vue, la dépréciation des eaux minérales
» de Bourbonne : les importantes et nom-

» breuses améliorations que le gouverne-
» ment s'est empressé d'appliquer au ser-
» vice intérieur de l'établissement civil, où
» l'on peut se procurer tous les moyens de
» modifier convenablement l'action de la
» douche et du bain ; la facilité d'en appro-
» prier l'usage et les différents exercices au
» tempérament comme à l'état du malade;
» enfin la connaissance plus approfondie de
» leurs propriétés chimiques et médicales,
» sont autant de garanties bien propres à
» nous faire reléguer dans la classe de pré-
» jugés les plus défavorables interprétations
» que l'on pourrait donner encore au degré
» d'activité qui les distingue de tant d'au-
» tres, et qui n'est réellement qu'un titre de
» prééminence relative dont il vaudrait mieux
» chercher à donner la mesure. »

Les écrivains qui ont fourni quelques documents à l'histoire de Bourbonne, sont fort nombreux; à leur tête nous devons placer Aimoin, qui écrivait au 10e siècle, et après lequel vinrent successivement le père Vignier, Adrien de Valois, Gruter, Reinesius, dom Calmet, Bullet, Diderot, Dunod et Gilbert-des-Voisins; mais ce que nous possédons de plus ancien sur les eaux thermales de Bourbonne et leur usage, c'est le

1570. *Traité des admirables vertus des eaux chaudes de Bourbonne-les-Bains,* mises en lumière par Hubert-Jacob, chirurgien au lieu d'Anrosey, village au voisinage de Bourbonne.

1590. *Des Bains de Bourbonne-les-Bains,* par Jean Lebon, hétéropolitain, médecin du roi.

1600. Première réimpression du *Traité d'Hubert-Jacob*, par lui-même.

1658. Deuxième réimpression du *Traité d'Hubert-Jacob*, revue et corrigée par le docteur Thibault, doyen de la faculté de Langres.

1716. *Notice sur les travaux des anciens à Bourbonne*, par Gauthier, architecteingénieur des ponts et chaussées du royaume.

1716. *Traité sur les vertus des eaux*, boues et bains de Bourbonne, par Nicolas Guy.

1716. *Avis au public sur les propriétés des eaux de Bourbonne*, par un auteur anonyme.

1736. *Traité des eaux minérales de Bourbonne-les-Bains*, contenant une explication méthodique sur leurs usages, par Baudry, médecin des hôpitaux du roi et intendant des eaux minérales de ce lieu.

1749. Paraît à cette époque la *traduction de 6 thèses latines* soutenues sur la propriété des eaux de Bourbonne par Charles René, intendant des eaux de Bourbonne, professeur en l'université de Besançon.

1750. Le docteur Juvet, médecin en chef de l'hôpital militaire, publie, pendant plusieurs années, dans les journaux scientifiques de cette époque, les heureux résultats de l'emploi des eaux de Bourbonne dans différents genres de maladies, et particulièrement dans le traitement des fièvres intermittentes rebelles.

1772. *Mémoires et observations* sur les effets des eaux de Bourbonne-les-Bains, en Champagne, dans les maladies hystériques et chroniques, par M. Chevallier.

1774. *Précis pratique* sur les eaux de Bourbonne-les-Bains, par Mongin-Montrol, médecin de l'hôpital militaire.

1809. *Publication*, par Martin de Laubépie, de sa lettre au sieur Gendron sur l'état des établissements thermaux de Bourbonne.

1809. *Première analyse* de l'eau minérale de Bourbonne, par MM. Bosc et Bézu, insérée dans le journal de pharmacie.

2. Le *Bulletin* de la société médicale d'émulation publie un mémoire savant et bien rédigé sur les propriétés des eaux de Bourbonne, par M. le docteur Therrin, chirurgien-major de l'artillerie de la garde impériale.

3. *Notice* sur Bourbonne-les-Bains, par Petitot, directeur de l'hôpital militaire.

4. *Deuxième analyse* des eaux minérales de Bourbonne, par M. Athénas, pharmacien en chef de l'hôpital.

5. *Bourbonne et ses eaux thermales*, par le docteur Renard (Athanase).

6. *Mémoire* sur les eaux minérales de Bourbonne, par P.-L. Prat, médecin de Paris.

7. *Nouvelle analyse* de l'eau minérale de Bourbonne, par MM. Desfosses et Roumier, de Besançon.

1828. *Essai* sur les eaux minérales de Bourbonne, par le docteur Magistel, chirurgien militaire.

1830. *Notice* sur Bourbonne et ses eaux thermales, par le docteur Lemolt, inspecteur des eaux.

1831. *Précis* sur les eaux minérales de Bourbonne, par le docteur Ballard, médecin en chef de l'hôpital militaire.

1833. *Lettre à M. Hase*, sur les inscriptions romaines trouvées à Bourbonne, et sur l'histoire de cette ville, par M. Berger de Xivrey, membre de l'Institut.

1834. *Analyse des eaux minérales de Bourbonne*, par MM. Bastien et Chevallier.

1836. *Notice historique* sur la ville de Bourbonne, par M. M***.

1841. *Mémoire* sur les eaux thermo-minérales en général et celles de Bourbonne en particulier, par le docteur Rodes, chirurgien militaire.

1843. Première édition du *Guide général des baigneurs aux eaux minérales de Bourbonne*, par R.-A. Athénas, ancien élève des hôpitaux militaires d'instruction, pharmacien chimiste de la faculté de Montpellier, homme de lettres et membre de plusieurs sociétés savantes.

1844. Les eaux thermales de Bourbonne, par M. le docteur Magnin.

1853. Deuxième édition du *Guide général des baigneurs*, par R.-A. Athénas.

La ville de Bourbonne, bâtie dans une position assez pittoresque, est, nous l'avons dit, située dans le Bassigny, dont les plaines étaient déjà, du temps des Romains, renommées par la fertilité de leurs terres et par l'abondance du blé qu'elles produisaient, comme le prouvent ces deux vers d'un auteur ancien :

Aut quibus auspiciis fœcundâ Tibris ab arcto
Vexit Lingonico sudatas vomere messes.

Le commerce du Bassigny était alors favorisé par la construction d'une chaussée romaine dont on admire encore la parfaite conservation près du village de Fresnois.

Cette route était une des huit qui venaient aboutir à Langres, l'une des villes les plus considérables des Gaules, et la capitale d'une province très étendue.

On ne sait rien de bien précis sur Bourbonne pendant la domination romaine ; mais on est bien fondé à croire qu'aux premiers siècles de notre ère, il y avait, aux lieux où il existe aujourd'hui, une ville déjà célèbre qui avait vu passer les aigles romaines ; car là, comme partout, ce grand peuple, en s'abattant sur les Gaules qu'il venait conquérir, a laissé de nombreuses traces de son passage.

L'antiquaire, en fouillant les ruines qui se montrent çà et là, qui percent le sol en tant d'endroits différents, dans l'enceinte même de la ville de Bourbonne, ne manquerait pas d'y trouver, nous en sommes certains, ces tombeaux, ces statues, ces monuments de toute espèce que les Romains plaçaient sur leur route comme des jalons éternels, pour attester leur grandeur et leur puissance.

Aimoin qui écrivait à la fin du 9e siècle, nous apprend qu'après la mort de Clotaire Ier, dont les états furent partagés entre ses quatre enfants, Thierri, roi de Bourgogne, commençait à construire, sur la colline où est aujourd'hui le château de Bourbonne, une forteresse destinée à défendre cette partie des frontières de son royaume contre Théodebert, roi d'Austrasie. Ce fort est désigné par Aimoin sous le nom de *Vernona castrum*, et paraît avoir été construit sur les ruines d'un temple élevé en l'honneur des dieux qui présidaient aux eaux thermales, comme nous l'attestent divers objets d'antiquité, tels que médailles, statues mutilées et une inscription qui fut, en 1783, placée dans le petit temple construit sur la place des Bains.

A dater de cette époque, jusqu'au milieu du 13e siècle, on ne rencontre encore qu'obscurité dans l'histoire de Bourbonne, et nous apprenons seulement que cette ville fut, en 1290, nommée chef-lieu de l'une des prévôtés relevant du bailliage de Chaumont, qui faisait partie des domaines de Thibault, comte de Champagne.

En 1499, Bourbonne, tombé au pouvoir de Guillaume de Vergy, maréchal de Bourgogne, fut très peu de temps après replacé sous la domination française; mais cette ville n'échappa en 1638 au pillage et à la dévastation des troupes autrichiennes, commandées par Gallas et des Suédois venus comme alliés de la France sous la conduite du duc de Saxe-Veimar, qu'en se rachetant au prix de 8,000 livres : cette somme, comparée aux moyens pécuniaires de ces temps-là, laisse penser que la ville de Bourbonne était déjà d'une certaine importance; mais un terrible incendie qui éclata le 1er mai

1717 la ravagea presque en entier et en détruisit les curieuses archives.

La loi du 17 février 1790 créa Bourbonne chef-lieu de l'un des districts entre lesquels fut divisé le département de la Haute-Marne, et celle du 17 février 1800 en fit un chef-lieu de canton et le siége d'une justice de paix. Sous le rapport de l'administration ecclésiastique, cette ville, qui dépendait autrefois de l'archevêché de Besançon, fait aujourd'hui partie du diocèse de Langres.

Le château existait encore presque en entier à la fin du 17e siècle, mais il fut totalement démoli en 1783, et ses nombreux matériaux furent employés par le seigneur de Bourbonne à la reconstruction du bâtiment des bains civils.

Après de longues et minutieuses recherches, nous n'avons trouvé dans l'histoire des seigneurs de Bourbonne rien qui mérite d'être rapporté à nos lecteurs ; nous nous bornerons à faire connaître les noms de ceux qui possédèrent successivement ce fief depuis le commencement du 11e siècle.

On ne peut sans interruption en suivre la longue succession ni préciser l'époque où chacun d'eux devint le propriétaire de la seigneurie de Bourbonne; aussi les dates que nous donnons ci-dessous ne sont-elles relatives qu'à des faits où ils ont figuré.

1112. ROCELIN DE BOURBONNE, qui concourut à la fondation de l'abbaye de Morimond, l'an 1112.

1145. HUGUES DE BOURBONNE, *fils du précédent*, qui fut témoin d'une donation faite par Cono, seigneur de Choiseul, à l'abbaye de Morimond.

..... REGNIER DE BOURBONNE, *fils du précédent*.

1173. FOULQUES ET GEOFFROY DE BOURBONNE. Tous deux prenaient, vers l'an 1173, le titre de seigneurs de Bourbonne, ce qui laisse penser que ce fief était alors divisé en deux portions.

..... HUGUES ET REGNIER DE BOURBONNE. Une donation faite aux Templiers de Genrupt porte encore ces deux seigneurs comme possédant ensemble la seigneurie de Bourbonne.

1202. GUY DE TRICHASTEL. Il épousa au commencement du treizième siècle, la dame Willaume, fille du précédent *Hugues*, qui lui apporta en mariage une partie de la terre de Bourbonne.

..... JEAN DE TRICHASTEL, *fils du précédent.*

..... GUILLAUME DE TRICHASTEL, *fils du précédent.*

1238. RENARD DE CHOISEUL, *mort en* 1339. Il épouse la petite-fille de Guillaume de Trichastel, qui lui apporte en mariage la seigneurie de Bourbonne, dont les parties ne paraissent avoir été réunies qu'à cette époque.

1339. GUILLAUME DE VERGY, *mort en* 1360. Seigneur appartenant à une des plus illustres familles de Bourgogne, épouse Isabeau de Choiseul, fille aînée de Renard de Choiseul, dotée de la seigneurie de Bourbonne.

1360. JEAN DE VERGY, *fils du précédent, mort en* 1370. Marié à Isabeau de Joinville.

1370. GUILLAUME II DE VERGY, *fils du précédent, mort en* 1374, épouse Agnès de Jonvelle.

1389. HENRI DE BEAUFREMONT. Jeanne de Vergy, fille des précédents, apporte en mariage la seigneurie de Bourbonne à Henri de Beaufremont, conseiller et chambellan du duc de Bourgogne.

..... JEAN DE BEAUFREMONT, *fils des précédents.*

..... BERTRAND DE LIVRON, *mort en* 1501. Le 18 août 1477, Françoise de Beaufremont, fille de Jean de Beaufremont, dame de Bourbonne, épouse Bertrand de Livron, seigneur de Larivière et de Wart en Limousin, grand écuyer des écuries du roi et capitaine du château de Coiffy.

..... NICOLAS DE LIVRON, *fils du précédent, mort en* 1552. Baron de Bourbonne, gouverneur du château de Coiffy, chevalier de l'Ordre du roi, grand écuyer et général réformateur des eaux et forêts du royaume.

1552. FRANÇOIS DE LIVRON, *fils du précédent, mort en* 1563.

1563. ERARD DE LIVRON, *fils du précédent.* Baron de Bourbonne, gentilhomme de la chambre du roi et de la chambre du duc de Lorraine, gouverneur du château de Coiffy.

1618. CHARLES DE LIVRON, *fils du précédent, mort en* 1671. Seigneur de Bourbonne du vivant de son père, par donation faite le 27 mars 1618, fut d'abord enseigne des gendarmes de Marie de Médicis, puis devint maréchal des camps et armées du roi.

1671. NICOLAS DE LIVRON, *fils du précédent.*

1678. CHARLES-COLBERT DU TERNON, *mort en* 1684. La seigneurie de Bourbonne lui est vendue par Nicolas de Livron, vers 1678.

1701. LE PRINCE DE CARPEGNA. La seigneurie de Bourbonne lui est apportée par la fille aînée de Colbert du Ternon, déjà veuve du marquis de la Roche-Corbon.

1711. DESMAREST, MARQUIS DE MAILLEBOIS. Par la vente que lui en fit le prince de Carpegna.

..... LE MARQUIS DE MAILLEBOIS, *fils du précédent.* Maréchal de France, maître de la garde-robe et grand d'Espagne.

1734. FRANÇOIS-GABRIEL DE CHARTRAIRE. Le marquis de Maillebois vendit à M. de Chartraire, président à mortier du parlement de Dijon.

1740. RENAUD-CLAUDE DE CHARTRAIRE, *frère du précédent.*

..... Le comte de Mesmes-Davaux. Marié à mademoiselle Reine-Claude de Chartraire, fille du précédent.

1783. Regoley d'Ogny. La seigneurie de Bourbonne lui vient de la succession de madame la comtesse de Mesmes-Davaux, décédée sans héritiers. Il vend en 1812 les bains civils au gouvernement et le reste de la terre de Bourbonne en 1822 au propriétaire actuel.

1822. M. Lahérard (Victor).

Le sceau des seigneurs de Trichastel représentait un cavalier couvert de son armure et l'épée au poing.

Les armes de la maison de Vergy étaient de gueules à trois quinte-feuilles d'or.

Celles de la maison de Choiseul sont d'azur à la croix pleine d'or, accompagnée de dix-huit billettes de même, dix en chef posées en sautoir et huit en pointes.

Les armes de Beaufremont sont variées d'or et d'azur.

Celles de Livron étaient d'argent à trois faces de gueules, au franc canton d'argent, chargées d'un roc de gueules représentant le château de Livron en Dauphiné, ou d'un roc d'échiquier de gueules.

II.

PROPRIÉTÉS PHYSIQUES ET CHIMIQUES

DE L'EAU MINÉRALE DE BOURBONNE.

Si le volume, la situation et la composition des sources ordinaires qui sortent du sol n'offrent rien qui ne puisse être expliqué par les différences du niveau, par l'abondance ou la rareté des pluies et par la constitution chimique des divers terrains qu'elles traversent, il s'en faut beaucoup qu'il en soit de même des eaux *minérales* et surtout de celles qui sont *thermales*.

Bien que la plupart des géologues s'accordent à reconnaître qu'il existe au centre du globe une chaleur indépendante de l'action du soleil, et que des expériences nombreuses et concluantes nous prouvent que la terre à son intérieur est une masse incandescente et fondue dont la surface seule est durcie, disons cependant que quelques savants ont émis une idée différente et rapportent la cause du phénomène de la chaleur aux réactions chimiques sans cesse en jeu dans les entrailles de la terre; mais ce qui milite en faveur de la première opinion, c'est que M. Arago, ce savant distingué, remarqua il y a quelques années, à Baguères de Bigorre, une source qui, dépourvue de toute substance minérale appréciable, ne marquait pas moins de 50 degrés de chaleur.

Le volume constant des sources d'eaux thermales sur lesquelles la sécheresse ou les pluies, la chaleur ou le froid le plus intense n'exerce aucune influence sensible, nous prouve que c'est des profondeurs du globe qu'elles surgissent, puisqu'elles sont si indépendantes des variations qu'éprouve sa surface, tandis que les tremblements de terre ou d'autres grands cataclysmes en ont souvent suspendu le cours, changé le volume, la chaleur et modifié la composition.

Cette opinion une fois admise que les eaux thermales sont des eaux chauffées par la chaleur centrale du globe et qu'elles arrivent à sa surface possédant encore une haute température, on a cherché l'origine des nombreuses substances qu'elles contiennent, et l'on a supposé avec quelque raison que les sels et les autres matières qui les composent proviennent de leur action à cette température élevée sur les terrains qu'elles traversent à une profondeur considérable.

L'analyse des eaux minérales froides ou chaudes a toujours été regardée comme un des problèmes les plus difficiles de la chimie, et ce qui prouverait qu'en effet ce genre d'opérations présente beaucoup de difficultés, c'est la discordance qu'on remarque dans les résultats des diverses analyses d'une même eau, faites à peu près à la même époque et par des personnes différentes.

On ne peut guère s'en rapporter aujourd'hui aux analyses dont l'ancienneté remonte à plus d'un demi-siècle, parce qu'elles sont aussi imparfaites que l'étaient les connaissances chimiques de ce temps-là ; mais, depuis que la chimie, sortie du cercle étroit où elle était renfermée, consultant mieux la nature, l'a vue se dévoiler devant elle, se prêter avec docilité à toutes ses recherches et lui révéler chaque jour de nouveaux secrets, celui de la composition des eaux minérales est devenu moins impénétrable et sa connaissance ne se dérobe plus maintenant qu'à ceux qui ne peuvent ou ne veulent pas se rendre dignes de cette initiation.

C'est donc avec beaucoup de raison que l'on doit rapporter aux progrès de la chimie l'avantage bien précieux de connaître chaque jour avec une plus grande précision la nature des eaux minérales et les principes qu'elles contiennent.

Lorsqu'il arrive que plusieurs analyses d'une même eau, quand elles ont été faites à des époques un peu éloignées les unes des autres, ne présentent pas des résultats identiques, si les différences sont petites et qu'elles ne portent que sur les proportions et non sur la nature et le nombre des substances minéralisantes, elles peuvent être attribuées à des changements très probables survenus dans ces eaux, soit par l'effet du temps ou par quelques-unes de ces circonstances capables d'en modifier la composition. De même si la dissemblance des résultats est grande tant dans le nombre que dans la nature des principes constituants, on ne devra pas inférer de là que les procédés analytiques employés par des hommes avantageusement cités pour leurs connaissances variées et étendues, aient été défectueux ; mais en se reportant aux époques de ces recherches, on s'apercevra facilement que les progrès de la science sont les seules causes des différences qu'on trouve dans les diverses analyses de cette eau minérale.

Par ces raisons, chacune des analyses de l'eau de Bourbonne ayant un mérite qui lui est propre et qu'on ne saurait lui contester, nous allons les réunir dans un même tableau où le lecteur pourra, d'un seul coup-d'œil, juger des différences qui existent entre elles, eu égard aux époques où elles ont paru.

ANALYSES

DE L'EAU THERMALE DE BOURBONNE.

BOSC ET BÉZU.

1809.

Hydrochlorate de soude.	5,390
Id. de chaux.	950
Carbonate de chaux.	100
Sulfate de chaux.	960
Substance extractive.	50
Perte.	610
	8,060

ATHÉNAS.

1822.

Hydrochlorate de soude.	4,763
Id. de chaux. . . . . , .	810
Id. de magnésie. . . .	159
Sulfate de chaux.	1,027
Id. de magnésie.	357
Carbonate de fer.	31
Perte.	26
	7,153

DESFOSSES ET ROUMIER.

1827.

Hydrochlorate de soude.	5,352
Chlorure de calcium.	81
Sous-carbonate de chaux.	158
Sulfate de chaux.	721
Bromure de potassium	69
	6,381

—

BASTIEN ET CHEVALLIER.

1833.

Bromure alcalin.	50
Chlorure de sodium.	6,005
Chlorure de calcium	740
Carbonate de chaux.	783
Sulfate de chaux	287
Perte.	135
	8,000

—

S'il n'a pas été fait d'autre analyse complète des eaux minérales de Bourbonne depuis l'année 1833, elles n'en sont pas moins devenues dans ces derniers temps l'objet d'études sérieuses de la part de quelques savants chimistes qui cherchaient à constater dans leur composition la présence de quelques-uns de ces grands agents chimiques qui jouent un rôle si important dans presque tous les corps de la nature.

Leurs efforts ont été couronnés de succès. Et tandis que M. Garreau, pharmacien-major à l'hôpital militaire de Lille, professeur à l'école secondaire de médecine de cette même ville et détaché à l'hôpital de Bourbonne pour les besoins du service de la saison thermale, constatait d'une manière évidente la présence de l'*iode* dans l'eau de Bourbonne, de son côté, M. Chevalier, professeur de chimie à la faculté de médecine de Paris, démontrait, par des expériences publiques pratiquées à l'aide de l'appareil de Marsh, que cette même eau contient aussi de l'*arsenic*.

La présence de l'*iode* et de l'*arsenic* dans l'eau thermo-minérale de Bourbonne ne saurait donc plus être révoquée en doute aujourd'hui, et ce sont ces deux corps simples dont la médecine a fait, dans ces dernières années, deux puissants agents thérapeutiques qui contribuent à donner à cette eau ce haut degré d'activité qui la rend si salutaire et provoque ces cures merveilleuses dont nous sommes tous les ans les témoins. Et certes, ce serait bien à tort que quelques esprits craintifs redouteraient la présence de ces deux substances dont l'une passe à juste titre pour le premier des poisons homicides ; car l'une et l'autre n'existent dans ces sources qu'à l'état de combinaison et dans des proportions tellement minimes qu'elles n'arrivent dans la composition de l'eau minérale que comme d'excellents auxiliaires aux autres matières qui constituent ses propriétés curatives.

J'ai toujours été convaincu, et je le suis

aujourd'hui plus que jamais, que l'électricité joue dans l'activité et l'efficacité des eaux minérales de Bourbonne un rôle plus important encore que celui qu'on a jusqu'ici attribué aux diverses substances qui entrent dans leur composition. Je partage en cela l'opinion émise par le docteur Ballard, dans sa publication sur Bourbonne et ses eaux, publication qui restera longtemps, et sans contredit, le meilleur livre qu'on ait écrit à ce sujet.

« Une dernière cause, dit-il, de l'élévation
» de température dans l'eau thermale de
» Bourbonne, qui nous intéresse d'autant
» plus qu'elle est susceptible de produire de
» plus grands effets sur l'économie, me pa-
» raît être l'électricité, soit que nous la con-
» sidérions comme développée par le cours
» même de ces eaux, par les décompositions
» chimiques, le passage des gaz à l'état li-
» quide, et successivement leur retour par-
» tiel à celui de fluides gazeux, soit enfin

» que nous l'attribuions à l'électricité du
» globe ou à la disposition des piles galva-
» niques souterraines dont l'activité serait
» encore accrue par les eaux salines qui
» viennent s'interposer entre leurs énormes
» plateaux.

» Il m'est impossible d'admettre que la
» haute température des eaux qui nous oc-
» cupent en ce moment soit analogue à celle
» produite par nos foyers : je vais chercher
» à établir en quoi se fonde cette différence.

» Nous désignons sous le nom de chaleur
» tout ce qui imprime cette sensation sur
» nos organes ; mais je le répète avec ceux
» qui l'ont expérimenté avant moi, nous ne
» pourrions pas, sans danger ni de très-
» vives douleurs, ingérer dans notre estomac
» une ou plusieurs livres d'eau commune,
» élevée artificiellement à une température
» de 58° centig. Chargée des mêmes sels et
» dans une même proportion, elle exciterait
» en outre une soif ardente.

» L'eau thermale de Bourbonne, au con-
» traire, assez brûlante pour produire une
» sensation douloureuse à la main qui saisit
» le vase et aux lèvres qui le reçoivent, perd
» sur le champ cet excès de calorique et
» verse avec elle, dans l'organe qui l'admet,
» un sentiment de bien-être et d'excitation
» agréable qui se répand avec rapidité dans
» toute l'économie.

» Cette chaleur est donc plus en harmonie
» avec notre nature que celle de nos foyers,
» et la rapidité avec laquelle elle se met en
» équilibre dans tout l'organisme, prouve
» qu'elle a la plus grande analogie (si elle
» n'est pas identiquement la même) avec
» celle qui naît avec nous, et qui pour ainsi
» dire constitue la vie. »

Ce que vient de dire le docteur Ballard de la chaleur particulière à l'eau minérale de Bourbonne est parfaitement exacte ; et il n'est aucun baigneur qui ne puisse facilement expérimenter la sensation désagréable et douloureuse que l'on éprouve en buvant l'eau minérale factice chauffée à 58°, et la sensation agréable et douce que l'on ressent au contraire en buvant l'eau thermo-minérale puisée à sa source.

En présence de cette différence si remarquable, et si souvent constatée, je n'hésite point à répéter ici que l'électricité, me paraît être l'agent qui communique à l'eau de Bourbonne ce degré de chaleur qu'elle possède, et qui paraît faire cause commune avec toutes les matières qui entrent dans sa composition chimique, pour assurer l'heureuse influence qu'elle exerce sur les malades, venus pour en faire usage en bains, en douches et en boissons.

Les propriétés physiques de l'eau minérale de Bourbonne sont : transparence parfaite, saveur très salée, mêlée d'un peu d'amertume, odeur légèrement nidoreuse, mais qui diminue à mesure que l'eau se refroidit.

Elle est plus pesante que l'eau ordinaire,

et sa température est la même dans toutes les saisons.

Les sources qui fournissent cette eau minérale sont au nombre de trois, situées à peu de distance l'une de l'autre, au milieu du vallon qui se dirige de *l'ouest* à *l'est*, et dans lequel s'étend l'extrémité méridionale de la ville de Bourbonne.

La plus considérable de ces sources, qu'on appelait autrefois le *Grand-Bain*, est celle qui est renfermée dans l'intérieur de l'édifice des bains civils, à l'usage desquels elle est exclusivement destinée.

La seconde est celle qui est renfermée dans le *petit temple* situé sur la place des bains. Elle portait anciennement le nom de *Matrelle* ou *Marelle*, plus tard celui de *Saint-Antoine*, et enfin on la nomme aujourd'hui plus communément la *fontaine chaude* : son eau sert principalement aux malades qui en font usage en boisson, et pour tous les besoins des habitants de la ville.

La troisième, située dans l'intérieur de l'hôpital militaire, se nommait autrefois le *Bain patrice*, parce qu'un patricien romain y fit, dit-on, construire un superbe établissement de bains que les temps ont détruit.

La température de ces eaux est :

Pour celle de la *fontaine chaude*, de 58,75° centig., ou 47 Réaumur ;

Pour celle des bains civils, de 57,51° centig., ou 46° Réaumur;

Pour celle de l'hôpital militaire, de 50,00° centig., ou 40° Réaumur.

La différence qui existe dans cette dernière vient sans doute de ce que le *puisard* est alimenté par deux sources, dont l'une est placée sous le *puisard* même, et que l'autre, pour y arriver, parcourt dans un canal souterrain une distance d'environ 45 mètres. C'est à ce trajet, ainsi qu'au plus grand éloignement du foyer commun, qu'on attribue généralement cette déperdition de calorique.

Excepté les différences de température qui

existent dans les eaux de chaque source, il y a du reste entre elles une identité parfaite de propriétés physiques et chimiques.

C'est à M. Athénas, pharmacien en chef de l'hôpital militaire, que nous devons la connaissance de la nature de la substance gazeuse qui s'élève verticalement et presque sans interruption, à travers l'eau minérale, sous la forme de bulles nombreuses, que le public a regardée et regarde encore quelquefois comme le produit de l'ébullition.

Cette substance gazeuse est composée, selon M. Athénas, de

18		acide carbonique,
4	50	oxygène.
77	47	azote.

Selon M. Chevallier, elle serait composée au contraire, de

97	azote.
3	oxygène.
77	acide carbonique.

La *Barégine*, cette substance végéto-animale, observée et étudiée par M. Longchamp, dans les eaux minérales de Barèges, a été aussi signalée dans celles de Bourbonne par MM. Bastien et Chevallier; mais leur indication à cet égard était peu précise et laissait vraiment beaucoup à désirer. Cependant, je dois le déclarer ici, c'est à cette idée qu'ils ont émise, sans pourtant la justifier d'une manière complète, que je dois d'avoir entrepris la longue série de recherches et d'expériences qui m'ont conduit à pouvoir constater d'une façon palpable, la présence de la Barégine, dans l'eau thermo-minérale de Bourbonne. Longtemps on avait cru que quelques gaz et certaines substances salines, qui distinguent les eaux thermo-minérales, suffisaient pour y empêcher le développement de la vie, et l'on n'avait encore vu dans les matières qui s'amassent à la surface de ces eaux, ou qui s'attachent aux parois des bassins destinés à les contenir, rien qu'on pût croire particulier à la vie des végétaux ou des animaux.

Mais c'était là une erreur, que des recherches plus récentes et faites avec plus de soins sont venues dissiper. En effet, quelques savants, qui dans ces dernières années, se sont livrés à une étude sérieuse et toute particulière des eaux minérales, sont arrivés à y constater la présence d'une matière organique, qu'ils ont désignée sous les noms de *Glairine*, de *Zoogine*, de *Barégine*, de résine *humo-extractive*, de matière *végéto-animale*, mais à laquelle M. Longchamp a donné le nom de *Barégine*, non pas seulement parce qu'il en signalait l'existence dans les eaux de Barèges, mais bien encore parce qu'elle s'y trouve en proportions plus grandes que dans les autres eaux minérales de France.

M. Chevallier est venu à son tour nous apprendre, que l'eau de Bourbonne contenait de la *Barégine*, mais, ainsi que je l'ai dit plus haut, il n'apportait à l'appui de cette opinion que les résultats si souvent trompeurs des expériences analytiques, pratiquées dans un laboratoire de chimie : moins instruit mille fois que ce savant chimiste, mais plus heureux que lui dans mes recherches, je suis parvenu à rencontrer la *Barégine*, dans l'eau minérale de Bourbonne, à cet état de matière végétale, sous lequel elle est visible à l'œil nu, palpable, facile à saisir et devant être considérée comme un corps organisé, produit par le grand laboratoire de la nature.

En effet, après de longues et minutieuses observations faites sans succès dans la source de la *fontaine chaude* et dans celle de l'*établissement civil*, mes recherches et mon attention se portèrent sur celle de l'hôpital militaire, et ce fut là qu'un jour la *Barégine* s'offrit à mes yeux sous la forme d'une pellicule flottante composée d'un grand nombre de petits filaments verdâtres et semblable en tous points à ces mousses légères que l'on rencontre assez souvent dans les eaux stagnantes.

Recueillie avec précaution sur une feuille

de papier blanc et conservée en cet état, elle ressemble à ces plantes marines si délicates que nous avons dans nos herbiers, et présente ce caractère de végétation qui sans doute a déterminé quelques naturalistes à la considérer comme une plante qu'ils ont décrite sous le nom d'*Oscillatoire* et mieux encore sous celui de *Tremella thermalis*.

Cette dernière dénomination me paraît être la seule convenable à la Barégine que j'ai rencontrée : car elle implique tout à la fois et la légèreté particulière à sa nature et l'élément le plus propre à sa vie. En suivant en effet le cours de mes expériences et de mes recherches à l'égard de cette végétation si singulière, je suis arrivé à constater qu'elle se brise et disparaît au moindre mouvement imprimé à la masse du liquide où elle repose et qu'il faut à l'eau de la source 20 à 30 jours d'une tranquillité parfaite pour que la Barégine puisse arriver ainsi à sa forme végétative : et ce qui vient à l'appui de cette dernière assertion, c'est que l'eau des sources de la *fontaine chaude* et des bains civils, est dans un état continuel d'agitation à cause de l'usage journalier qu'on en fait, même pendant l'hiver, tandis que l'eau de la source de l'hôpital militaire où j'ai seulement pu constater la présence de la *Barégine*, jouit d'une tranquillité parfaite pendant 7 à 8 mois de l'année.

3

III.

ANTIQUITÉS TROUVÉES A BOURBONNE.

La célébrité des eaux minérales de Bourbonne est non-seulement attestée par plusieurs inscriptions romaines, mais elle est encore prouvée par de nombreux vestiges d'anciens travaux qu'on a rencontrés toutes les fois qu'on a fouillé le sol à une profondeur considérable pour asseoir les fondations des établissements civils ou militaires.

On ne sait rien de bien précis sur le temps où les eaux minérales de Bourbonne ont commencé à être mises en usage ; il se perd, comme tant d'autres époques dans les ténèbres de l'antiquité. Mais il paraît certain qu'elles avaient déjà de la réputation du temps des Romains, puisqu'en 1732 on trouva, en creusant les fondations de l'hôpital militaire, et plus récemment encore, celles sur lesquelles on a établi la façade des bains civils, on trouva, dis-je, des restes de constructions romaines, consistant en aqueducs et en ruines de salles spacieuses, dont le pavé, construit en grosse mosaïque, composée de marbres de différentes couleurs, assise sur une couche épaisse de ciment, atteste que là existaient de beaux et grands édifices bâtis avec le bon goût et la magnificence que ces maîtres des nations mettaient dans tous leurs ouvrages destinés à la fois à leur agrément et à l'utilité publique.

Aujourd'hui, par le fait des atterrissements successifs, tous ces débris sont enfouis à plus de 15 à 20 mètres sous le sol, et M. Renard pense que ceux qu'on rencontre à cette plus grande profondeur sont antérieurs aux Romains et doivent être attribués aux Gaulois.

Les vertus médicales de l'eau de Bourbonne sont prouvées par l'emploi qu'en ont fait sur les lieux et avec beaucoup de succès, différents Romains, comme l'attestent plusieurs inscriptions latines trouvées à Bourbonne et qu'on suppose avoir fait partie des autels votifs, tels que la piété et la reconnaissance en élevaient en ce temps-là.

Avant de donner la description de ces divers objets d'antiquité, disons tout d'abord qu'ils sont encore aujourd'hui la propriété particulière de plusieurs personnes de Bourbonne, et que ce n'est pas notre faute à nous, s'ils ne sont pas exposés continuellement dans une des salles de l'Etablissement thermal civil, aux regards des nombreux étrangers qui viennent chaque année faire usage de nos eaux minérales. Nous avons fait remarquer plus d'une fois, en effet, tout ce qu'il y a d'injustice et d'égoïsme à séquestrer ainsi ces antiquités si intéressantes pour l'histoire de la ville de Bourbonne, tandis qu'il était si facile de faire preuve de désintéressement et d'attachement au pays, en les offrant à l'Etablissement des Bains, où leur présence contribuerait mieux que quoi que ce soit à attester l'efficacité et l'antique usage de ces eaux thermo-minérales.

Mais, si notre voix n'a pas été entendue, si l'oreille de ceux qui possèdent ces divers objets d'antiquité est restée sourde à nos invitations et à nos réclamations inspirées par l'intérêt seul de notre pays, espérons que la parole de M. le Préfet sera plus persuasive, et que dans cette sollicitude qu'il montre pour tout ce qui se rattache à la prospérité, à l'embellissement, à la renommée de notre établissement thermal, il saura trouver le moyen de déterminer enfin les détenteurs de ces précieux objets, à en faire hommage à la ville de Bourbonne, qui ne négligera rien, de son côté, pour conserver aux souvenirs du pays le nom de ces généreux donataires.

La reconstruction des bains civils, entreprise en 1732, amena la découverte d'un vase antique que M. le docteur Therrin, à qui il appartient aujourd'hui, a dépeint de la manière suivante : « Une aiguière de forme » antique, d'une composition métallique » particulière, sur laquelle on admire des » arabesques et les figures des trois vertus théologales représentées par une grande pureté de dessin : tout fait présumer » que cette aiguière date des premiers âges » du christianisme. »

Mais l'opinion de M. Therrin est loin d'être partagée par MM. P. Péchinet et C. Mongin, auteurs de l'*Annuaire du diocèse de Langres*, publié en 1838, car voici ce qu'ils disent à cet égard : « Ce vase est en » effet d'une forme antique et gracieuse, » décoré d'ornements d'un goût et d'une » pureté peu ordinaires ; mais il s'en faut » beaucoup qu'on doive lui attribuer l'an- » tiquité qu'on lui suppose. Nous l'avons eu » entre les mains, et les cartouches à enrou- » lements, le style des ornements et des » figures, nous en ont fait reporter, sans au- » cun doute, la date vers la dernière moi- » tié du 16e siècle. »

On montre à l'extrémité de la rue *Vellone*, nom qui paraît dérivé de celui de Bellone, les restes d'une ancienne chaussée dont on croît que les Romains ont été les constructeurs, et près de laquelle on a trouvé, en 1805, plusieurs figures de pierre, notamment une belle tête de femme qu'on suppose représenter Damone, déesse qui présidait aux eaux thermales.

En 1828, dans un terrain contigu à l'ancien château, on trouva des médailles à l'effigie de plusieurs empereurs romains et un petit bouc en bronze parfaitement sculpté et très bien conservé.

En 1829, on découvrit à peu de distance de Bourbonne, sur le côté est de la montagne dite le *Prieuré*, le fronton d'un monument funéraire élevé sans doute à la mémoire d'un acteur et portant cette inscription :

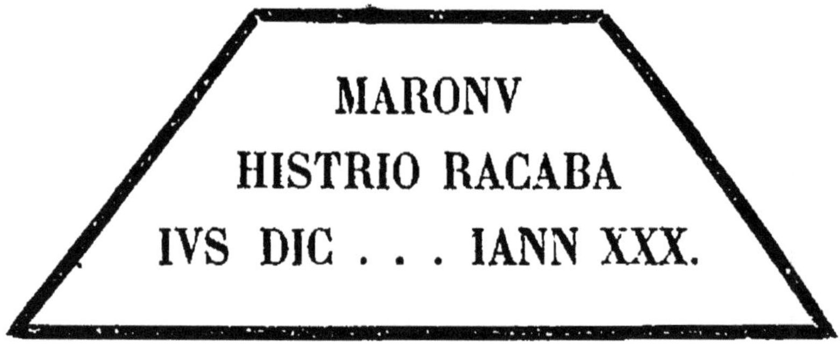

M. de Monbret, membre de l'Institut, a reproduit ainsi cette inscription :

Maronus

Histrio racabajus dictus

vixit ann XXX.

Ce qui signifie : Maronus, comédien, surnommé Rocabajus, vécut trente ans.

Lorsqu'en 1836 on jeta les fondations du bâtiment qui forme la façade postérieure de l'établissement civil, on trouva, à une profondeur d'environ 4 mètres, un amas considérable de cornes qui ont dû appartenir à une espèce de bœufs qui différait beaucoup de celle que nous possédons aujourd'hui, et qui sans doute habitait cette partie de la Gaule avant la domination romaine. Par leur forme et leur grandeur ces cornes ressemblent beaucoup à celles des buffles des pays méridionaux, et nous supposons avec quelques raisons qu'elles doivent provenir des animaux immolés dans les sacrifices offerts aux dieux des Thermes.

Presque tous les objets que nous venons de décrire sont en ce moment la propriété de M. Renard.

En 1840, dans un déplacement de terre nécessité par la construction d'une maison près de la *voie romaine* dont nous avons déjà parlé plus haut, on trouva une tête de pierre très bien sculptée; la jeunesse et la régularité de ses traits, symbole des heureux résultats que devaient espérer de l'usage de l'eau thermale les baigneurs infirmes et vieillis par la souffrance, nous ont fait penser qu'elle avait dû appartenir à une statue de l'*Apollon Borvo* qu'on adorait comme le protecteur des bains et auquel devaient de préférence s'adresser les divers monuments, témoignages de reconnaissance élevés par les malades après leur guérison.

La nature de cette pierre, qui semble provenir des carrières d'*Esnouveaux*, village situé à peu de distance de Bourbonne, la pureté du dessin, le poli du travail, tout porte à croire que ces lieux étaient déjà fréquentés dans ces temps-là par des sculpteurs fort habiles, au ciseau desquels cette belle tête doit sa création.

Un an plus tard et dans les mêmes circonstances, on trouva un ***moulin à blé gaulois.*** Cet objet est digne de curiosité, non-seulement à cause de sa haute antiquité et de l'usage auquel il était destiné, mais bien encore à cause de sa forme et de la nature de la pierre qui le compose et que les géologues disentêtre une lave d'Auvergne, classée sous le nom de *Téphrine-pavimenteuse.*

Le 6 janvier 1833, dans les décombres d'une maison dévastée par un incendie, on trouva une plaque de marbre blanc sur laquelle existait une inscription gravée en caractères d'une belle forme et bien conservés.

Voici la copie de cette inscription :

DEO , APOL
LINI BORVONI
ET . DAMONÆ
C. DAMINIUS
FEROX CIVIS
LINGONUS EX
VOTO

Elle doit être traduite ainsi :

Au Dieu Apollon Borvo et à Damone Caius Daminius Ferox, citoyen langrois.

Ex voto.

Cette dernière découverte était destinée à jeter un grand jour sur la manière d'interpréter et de traduire l'ancienne inscription que nous avons dit plus haut avoir été trouvée dans les ruines du château de Bourbonne.

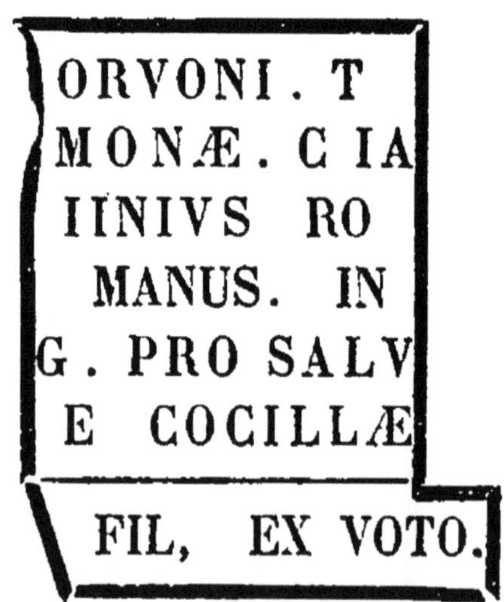

ORVONI . T
MONÆ . C IA
IINIVS RO
MANUS. IN
G . PRO SALV
E COCILLÆ
FIL, EX VOTO.

Tous les écrivains qui ont du reste saisi

le sens général de cette inscription, ont beaucoup différé sur l'interprétation des *deux premiers mots* auxquels la mutilation de la pierre a enlevé quelques lettres qui n'ont reçu un complément et un sens bien corrects qu'après la découverte du 6 décembre 1833.

On voit encore, d'après le tableau ci-après, que la discordance entre les divers commentateurs porte aussi le mot FIL, que les uns pensent devoir signifier *filiæ*, et se rapporter à *Cocillæ*, tandis que d'autres le regardent comme ne faisant plus partie de la première phrase, parce qu'il est gravé sur la base de la pierre qui forme socle, et qu'ils croient devoir le traduire par *filius*.

DIFFÉRENTES INTERPRÉTATIONS

DE L'ANCIENNE INSCRIPTION.

J. LEBON.

Borboni thermarum deo Mammone C. Latinius, ro-	A Mammone, dieu des thermes de Bourbonne C.

manus in Gallia, pro salute Cocillæ uxoris ejus. Ex voto.	Latinius, romain venu dans les Gaules, pour la santé de sa femme Cocilla. *Ex voto.*

PETITOT.

Jorvoni tomoniæ Caius Jatinius, romanus in Gallia, pro salute Cocillæ filiæ. Ex voto.	Caius Jatinius, romain venu dans la Gaule, pour la santé de Cocilla, sa fille. *Ex voto.*

RENARD.

Vorvoniæ thermonæ Caius Jatinius, romanus in Gallia, pro salute Cocillæ filius. Ex voto.	A la déesse des thermes de Bourbonne Caius Jatinius, romain venu dans les Gaules, pour la santé de Cocilla. Vœu d'un fils.

PRAT.

Orvoni et Tomonæ Caius Jatinius, romanus in Gallia, pro salute Cocillæ filiæ. Ex voto.	Au dieu Orvo et à la déesse Tomone Caius Jatinius, romain venu dans la Gaule, pour la santé de Cocilla, sa fille. *Ex voto.*

BALLARD.

Borvoni et Damonæ Caius Jatinius, romanus in Gallia, pro salute filiæ. Ex voto.	A Borvo et à Damone Caius Jatinius, romain venu dans la Gaule, pour la santé de Cocilla, sa fille. *Ex voto.*

M***

Borvoni et Tamonæ Caius Jatinius, romanus in Gallia, pro salute Cocillæ. Filii ex voto.	A Borvo et à Tamone Caius Jatinius, romain venu dans la Gaule, pour la santé de Cocilla. Vœu d'un fils.

BERGER.

Borvoni et Damonæ Caius Jatinius, romanus ingenuus, pro salute Cocillæ filiæ. Ex voto.	A Apollon Borvo et à la déesse Damone Caius Jatinius, romain libre, pour la santé de Cocilla, sa fille. *Ex voto.*

Bourbon-Lancy et Bourbon-l'Archambault conservant deux inscriptions où on lit distinctement les mots *Borvoni et Damonæ*, nous pensons, comme M. Berger de Xivrey, que le mot *Borvo* est une épithète consacrée au dieu Apollon quand il était adoré comme protecteur des eaux thermales, et qu'on doit regarder ce nom comme sous-entendu dans les inscriptions où il fait défaut.

Il doit donc rester aujourd'hui constant dans l'esprit de tout le monde que cette épithète de *Borvo* a été la racine des noms de

Bourbon et *Bourbonne* que portent ces villes également célèbres par leurs eaux thermales. Mais, par un caprice d'imagination dont on n'a jamais pu se rendre compte, M. Magnin, médecin à Bourbonne, n'a pas voulu suivre ses savants devanciers dans la voie qu'ils avaient tracée, et il a mieux aimé improviser une étymologie à sa façon en faisant dériver le nom de *Bourbonne* de deux mots grecs *Borboros Oneios* (boues utiles) dont on aurait fait *Borboneios*, puis enfin *Bourbonne*.

Ce serait sans doute le cas de demander à M. Magnin pourquoi l'érudition de l'étymologiste n'est pas venue en aide au talent du médecin, et pourquoi ce dernier, si bien renseigné par l'étymologie sur l'efficacité des *boues* que déposent nos eaux thermales, n'en conseille pas plus particulièrement l'usage dans le livre qu'il a écrit sur Bourbonne et n'en fait pas faire une consommation plus grande aux malades qui viennent prendre des bains sous sa direction.

De cette étymologie de M. Magnin, nous ne trouvons de trace nulle part ; et si l'honorable docteur, dans sa passion pour le grec, avait bien voulu prendre la peine de lire avec attention cette lettre si savante écrite par M. Berger de Xivrey sur les antiquités trouvées à Bourbonne, il se fût bien vite convaincu que son étymologie n'était pas plus admissible que celle donnée par MM. Ballard et Renard qui tous deux ont persisté à faire dériver le nom de *Bourbonne* de deux mots de la langue celtique qui n'ont jamais existé, quoi qu'en aient dit Bullet et Lebrigant, écrivains dont la *Celtomanie* était poussée jusqu'au ridicule et à l'absurde.

Quoi qu'il en soit de toutes ces étymologies, nous pensons que la meilleure manière de traduire la dernière inscription dont nous avons parlé est celle-ci :

En traduisant :

(*Deo Apollini*) *Borvoni et Damonæ Caius*

Jatinius, Romanus in Gallia, pro salute Cocillæ filiæ. Ex voto.

A Apollon Borvo et à Damone Caius Jatinius, Romain venu dans la Gaule, pour la guérison de sa fille Cocilla. *Ex voto.*

IV.

DE L'ADMINISTRATION DE L'EAU DE BOURBONNE.

L'EAU minérale de Bourbonne s'emploie de plusieurs manières :

1° A l'extérieur, en bains, en douches et en étuves;

2° A l'intérieur, en boissons et en injections;

3° En topiques confectionnés avec les

boues qu'elle dépose dans les réservoirs ou dans les conduits où elle a longtemps séjourné.

Les bains sont pris ou entiers, ou en demi-bains, ou en bains locaux.

Les bains entiers sont l'immersion de tout le corps jusqu'au cou. Les demi-bains ne s'emploient que lorsque les membres inférieurs sont seuls affectés et qu'une faiblesse extrême des poumons, qu'une maladie du cœur ou de la région épigastrique rendrait gênant ou dangereux l'emploi du bain entier.

Dès que le bain produit une pesanteur de la tête avec rougeur du visage ou un sommeil agité, il convient d'en rabaisser la température ou d'en abréger la durée ; et si cela ne suffit pas de suspendre pendant quelques jours l'usage des eaux. C'est alors au médecin à juger de la nécessité de cette opportunité pour rendre les bains plus salutaires.

On appelle *bains locaux* ceux où l'on se

borne à l'immersion d'un bras ou d'une jambe.

La température ordinaire de ces bains est de 25 à 30 degrés Réaumur.

Les douches se divisent en ascendantes, latérales ou descendantes.

Quand la colonne d'eau tombe verticalement sur le malade elle est *descendante*, *latérale* quand elle arrive par côté, *ascendante* quand elle est dirigée de bas en haut : la première est la seule en usage à Bourbonne, et la dernière ne s'applique que dans les affections de la matrice, du vagin, du rectum ou du périnée ; l'une et l'autre se donnent au piston ou en arrosoir.

La chaleur ordinaire de ces douches est de 30 à 32 degrés Réaumur, et la durée de leur application, ainsi que celle des bains, varie selon le genre de maladie.

La douche descendante, à raison de sa chaleur et de la percussion qu'elle opère, a pour objet principal d'augmenter la circulation et la chaleur dans la partie qui la reçoit, pour dissiper un engourdissement, un refroidissement, une faiblesse, une raideur ou un amaigrissement, de même que pour opérer une dérivation sur les extrémités inférieures en faveur de la tête ou de la poitrine : d'où l'on peut dire avec raison qu'elle a deux effets principaux, la *résolution* et la *dérivation.*

Les *étuves*, ou *bains de vapeurs*, sont administrées dans beaucoup de cas, et leur usage est un puissant auxiliaire à l'action des douches et des bains : leur durée est d'environ 15 à 20 minutes dans une température de 35 à 40 degrés Réaumur.

Ramassées avec soin, débarrassées de toutes les immondices qu'elles contiennent, les boues de l'eau minérale de Bourbonne peuvent être employées avec succès en *topiques*, dans les cas d'entorses, de luxations, de dartres squammeuses ou pustuleuses, de vieux ulcères, etc. ; mais il paraît que les médecins d'aujourd'hui ont presque tout-à-fait renoncé à ce mode de traitement, quoique d'anciens auteurs l'aient recommandé et préconisé.

M. Renard pense que ce n'est qu'au 16e siècle que l'eau de Bourbonne a commencé à être mise en usage en boisson : quoi qu'il en soit, il est bien prouvé aujourd'hui que leur emploi à l'intérieur prédispose avantageusement le corps à l'action des bains et des douches; mais l'un et l'autre doivent être dirigés et appropriés au tempérament et à l'état du malade.

Les eaux de Bourbonne étant regardées comme purgatives, stimulantes et toniques, jouissent d'une grande efficacité contre toutes les maladies provenant de la faiblesse des organes. On les emploie avec grand succès dans les fièvres intermittentes anciennes, dans l'hydropisie commençante, dans les rhumatismes chroniques, musculaires ou articulaires provenant, soit de cause interne, de plaies d'armes à feu, de chûte ou de toute autre contusion; elles agissent très bien sur les vieux ulcères, les plaies fistuleuses et les scrofules : leur usage, joint à l'emploi de médicaments convenables, termine avantageusement la guérison des maladies scorbutiques; mais c'est surtout contre les paralysies qu'elles sont renommées, particulièrement dans celles occasionnées par des coups, des chûtes ou celles qui sont la suite de l'apoplexie ou d'embarras des viscères abdominaux.

Pour donner aux baigneurs quelques indications précises sur les véritables effets qui résultent de l'usage de l'eau thermale de Bourbonne dans les différents genres de maladie précités, je crois ne pouvoir mieux faire que de reproduire textuellement l'opinion exprimée par le docteur Ballard, dans son ouvrage que je considère comme le plus remarquable de tous ceux qui ont été jusqu'ici publiés sur Bourbonne et ses eaux thermo-minérales.

« La plus commune des paralysies, dit-il,
» est l'hémiplégie ou la paralysie d'une moi-
» tié latérale du corps résultant d'une com-
» pression d'un lobe opposé du cerveau.

» L'hémiplégie reconnaît pour causes tou-
» tes celles qui, — telles qu'une conforma-
» tion particulière, un tempérament san-
» guin, la suppression d'une hémorragie
» habituelle, d'une humeur dartreuse, rhu-
» matismale ou goutteuse, un refroidisse-
» ment subit, l'abus des narcotiques, des
» liqueurs spiritueuses, des plaisirs véné-
» riens, surtout dans un âge avancé, l'ex-
» position prolongée aux rayons du soleil, les
» veilles immodérées, la colère, la frayeur,
» les chagrins, les méditations profondes,
» etc., etc., — peuvent occasionner la stase
» des fluides dans les vaisseaux du cerveau;
» ou telles que les chûtes, les coups violents,
» les blessures, etc., etc., en altérer la pro-
» pre substance.

» Nous avons dit que de toutes les paraly-

» sies, l'hémiplégie était la plus fréquente :
» aussi, c'est sans contredit la plus nombreuse de celles employées aux eaux de
» Bourbonne. Les observations d'hémiplégiques qui y ont été guéris depuis une
» dizaine d'années, fourniraient à elles seules la matière d'ouvrages volumineux.

» Les eaux thermales administrées en
» bains et surtout en douches et en boissons, reportent le sang du centre à la périphérie, où elles stimulent le système
» absorbant et les vaisseaux sanguins cutanés ; cette double opération facilite la résorption des épanchements des meninges,
» et il est à remarquer qu'au fur et à mesure
» du dégagement du cerveau, la force renaît
» dans les parties paralysées. »

Nous avons fait connaître plus haut que l'hémiplégie est la paralysie de la moitié latérale du corps ; disons maintenant que la paraplégie est la paralysie des membres abdominaux, qu'elle s'étend fort souvent aux muscles du bas-ventre, au rectum, à la vessie, aux organes de la génération et qu'elle est toujours le résultat d'une lésion plus ou moins grave du prolongement rachidien.

Les causes qui peuvent déterminer la paraplégie sont nombreuses. Les coups, les chûtes, la suppression des règles, la répercussion d'une transpiration abondante, peuvent exciter un ébranlement ou une irritation violente de la moëlle épinière, et produire ainsi la paraplégie.

Les eaux minérales de Bourbonne n'agissent pas d'une manière aussi efficace sur les paraplégies que sur les hémiplégies; et l'expérience a démontré que la première de ces affections paraît plus rebelle et résiste plus longtemps à l'effet salutaire des eaux, tandis que la seconde au contraire cède avec plus de facilité et souvent disparaît entièrement devant l'usage régulier de 25 à 30 douches et d'une quarantaine de bains.

Les affections rhumatismales, à quelque

cause qu'elles puissent être attribuées, trouvent presque toujours leur complète guérison dans l'usage des eaux de Bourbonne. Mais pour arriver à cet heureux résultat, les malades doivent attendre que ces affections soient passées à l'état chronique : car pendant l'état aigu, l'emploi des bains et des douches est complètement défendu et peut même quelquefois devenir dangereux à cause de cette activité stimulante qui caractérise tout particulièrement les eaux thermo-minérales de Bourbonne.

Douée d'une sensibilité et d'une vie qui lui est propre, la matrice est suceptible de recevoir l'action des eaux de Bourbonne, qui agissent souvent avec succès contre la stérilité ; mais la grande irritabilité de cet organe rendrait leur emploi dangereux, s'il n'était surveillé par un médecin sage et expérimenté.

Par ses savantes observations faites en 1813 sur les soldats revenus de la campagne de Russie, M. le docteur Therrin a prouvé combien les eaux de Bourbonne peuvent remédier au désordre apporté par la congélation.

Comme il n'est point rare d'entendre des baigneurs se plaindre après plusieurs bains du retour subit d'une maladie syphilitique dont ils se croyaient, mais à tort, complètement guéris, nous devons les rassurer contre cette réapparition, causée par l'activité des eaux, et dans ce nouveau cas toujours combattue en peu de temps avec certitude et efficacité.

Tous les médecins et tous les auteurs s'accordent à regarder les eaux de Bourbonne comme souveraines dans la guérison des fièvres intermittentes rebelles. Voici ce que nous trouvons encore à cet égard dans le livre du docteur Ballard.

« Il est un grand nombre de fièvres inter-
» mittentes sporadiques et même endémi-
» ques dans quelques cantons marécageux,

» qui sont presque interminables. Le prin-
» cipe nerveux des viscères digestifs paraît
» en avoir été tellement affecté, qu'ils finis-
» sent par être plus ou moins frappés d'une
» espèce de paralysie, qui atteint un ou plu-
» sieurs des organes glanduleux abdomi-
» naux. Dans cet état, ceux-ci s'engouent
» des matériaux qu'ils ne peuvent plus por-
» ter à la périphérie ; et tandis qu'ils ac-
» quièrent un volume infiniment supérieur
» à leurs proportions normales, les membres
» et le corps entier privés d'aliments, tom-
» bent eux-mêmes dans une véritable atonie.
» Les viscères qui paraissent les plus dis-
» posés à cette ampliation morbide, tant à
» raison de leurs fonctions que par leurs
» dimensions naturelles, sont le foie et la
» rate. Il arrive souvent qu'un de ces orga-
» nes occupe à lui seul toute l'étendue de
» l'abdomen. Dans de pareils cas, la stase
» des circulations veineuses et capillaires
» fait perdre à leur membrane sereuse leur

» faculté résorbante, et succèdent alors à » ces premiers symptômes, des variétés » d'hydropisie générale ou partielle, qui » viennent encore compliquer l'affection » primitive et en accroître les dangers. C'est » à cet état que l'on a donné le nom géné» rique d'obstruction des viscères du bas» ventre. »

Je le répète donc ici, tous les médecins qui ont écrit sur les eaux minérales de Bourbonne s'accordent à en regarder l'usage comme souverain dans ces circonstances.

J'ai dit plus haut que l'emploi des boues de l'eau minérale de Bourbonne est aujourd'hui tout-à-fait abandonné par les médecins, bien qu'il ait été jadis recommandé et préconisé par beaucoup d'hommes fort instruits dans l'art de guérir et dans celui de bien administrer ces eaux si bienfaisantes.

Quelques médecins de notre époque au nombre desquels il faut compter M. Magnin, sous-inspecteur de l'établissement thermal civil, n'ont point hésité soit dans la pratique, soit dans leurs écrits à considérer et à déclarer l'usage de ces boues comme complètement impuissant, et capable au contraire de déterminer des accidents consécutifs, tels que des érythèmes et des érysipèles. Je proteste ici contre l'abandon si peu justifié de cet excellent moyen de guérison, et je n'hésite pas à me prononcer énergiquement en faveur des vertus efficaces que possèdent en réalité les boues de l'eau minérale de Bourbonne, employées en cataplasmes dans différents genres d'affections, tels que dartres squammeuses, pustuleuses, vieux ulcères, entorses, varices, etc.; car j'ai eu lieu souvent, très souvent, de constater la guérison radicale qu'elles avaient opérée chez des malades qui en avaient fait usage à l'insu même de leur médecin. Mais comme ici mon opinion ne saurait suffire, j'invoque à l'appui de mon assertion, ce qu'ont écrit Baudry, Charles Juvet, Jean Aubry, et plus récemment encore les docteurs Magistel, chirurgien militaire, et Ballard, médecin en chef de l'hôpital de Bourbonne.

« Les *boues*, a écrit Baudry, médecin des » hôpitaux du roi et intendant des eaux mi- » nérales de Bourbonne, s'appliquent en » forme de cataplasme. Elles sont destinées » à dissiper les enflures, les faiblesses, les » douleurs, les engorgements. Adhérentes » à la surface d'une partie affectée, elles » pénètrent bientôt jusqu'au dedans et par » les principes actifs et en même temps bal- » samiques dont elles abondent, elles cor- » rigent ou fondent les humeurs dont l'é- » paississement ou l'indigestion et même » l'aigreur, peut ou irriter ou embarrasser » les fibres : elles adoucissent celles dont » l'âcreté cause l'irritation, elles digèrent, » elles revivifient les autres dont l'appauvris- » sement occasionne les douleurs ou la fai- » blesse.

« Les *boues*, pour être appliquées, seront

« réchauffées au bain-marie. Une action « plus immédiate du feu dissiperait, consu- « merait même ce qu'elles contiennent de « substances volatiles, balsamiques, aroma- « tiques, onctueuses, c'est-à-dire toutes leurs « vertus. On les appliquera aussi chaudes « qu'il se peut, sans courir aucun ris- « que.

« L'usage des boues a cet avantage qu'il « ne demande pas beaucoup de précautions « et qu'on peut les continuer autant de « temps qu'on le juge à propos, sans aucun « danger, l'impression n'en étant que locale « et moins sujette aux abus. »

Dans sa savante dissertation sur les eaux minérales de Bourbonne, Charles René, professeur à l'Université de Besançon, a dit :

« Cette boue a une vertu merveilleuse « pour fortifier les parties affaiblies, pour » rendre flexibles celles qui ont souffert quel- » que contraction, pour remettre les fibres en

» leur état normal. Souvent même ce que » les eaux, le bain, la douche n'avaient pu » faire, la boue seule des eaux l'a fait heu- » reusement. On a souvent éprouvé son ef- » ficacité dans les ankyloses, pourvu que » cette affection ne soit pas trop invétérée. »

Jean Aubry, dans un ouvrage ayant pour titre *les Bains de Bourbon-Lancy et l'Archambault*, dit dans un chapitre intitulé : *des fanges et de leurs facultés* : « Les fanges tien- » nent rang entre les parties du bain, voire » tel qu'en leur action elles surpassent de » tant plus le bain, qu'un corps solide don- » ne impression plus forte que le liquide. »

Voici l'opinion émise en 1828, par le docteur Magistel : « On voit des boues réus- » sir contre les dartres squammeuses, pus- » tuleuses, érythémoïdes anciennes. Dans » les douleurs articulaires des membres, » des mains et des pieds en particulier ; » lorsqu'on veut changer la nature d'un » vieux ulcère ; lorsqu'on veut résoudre un

» engorgement tenant au scorbut ou à une
» affection lymphatique. »

Le docteur Ballard est encore plus entier dans son opinion sur l'efficacité des boues de l'eau minérale de Bourbonne. « Je puis as-
» surer, dit-il, qu'elles sont d'un effet pré-
» cieux toutes les fois qu'il s'agit de donner
» du ressort et du ton à la peau et aux arti-
» culations ; c'est dans les cas de luxations
» anciennement réduites et de dispositions
» à de nouvelles; dans les dartres squam-
» meuses, pustuleuses, dans les varices,
» dans les vieux ulcères cachoëtes, après
» les coups, les chûtes, etc., etc.

Puis il ajoute : « Employées avec précau-
» tion, je ne les ai jamais vues produire ces
» érysipèles que paraissent en redouter en-
» core quelques docteurs sur des assertions
» anciennes et probablement erronées. »

L'eau minérale de Bourbonne ne se prend qu'à jeun et dans la matinée, jamais dans l'intervalle des repas, et ses doses doivent être graduées selon les effets qu'elle produit. On en boit depuis un verre jusqu'à cinq par jour, et au degré le plus chaud qu'on peut supporter. Chez les uns elle amène souvent la constipation et chez les autres elle occasionne de fortes diarrhées ; son action peut alors être modifiée, soit avec des infusions de tilleul, de l'eau gommeuse, du bouillon de veau, du lait, ou avec de l'eau minérale de Larivière.

Mais si les eaux de Bourbonne sont recommandées dans beaucoup de cas, elles sont aussi défendues et deviennent même dangereuses dans différentes maladies, telles que la folie, l'épilepsie, la paralysie provenant de déchirement ou de désorganisation du cerveau ou de la moëlle épinière : dans les rhumatismes à leur début, la phtisie pulmonaire, les inflammations aiguës, les anévrismes, les hypertrophies du cœur et toutes les fièvres récentes ; dans les dépôts par congestion et les fractures récemment consolidées, à cause de la facilité qu'ont généralement les eaux minérales de ramollir le *calus*.

L'usage des eaux, tant à l'intérieur qu'à l'extérieur, est défendu aux femmes pendant tout le temps de la menstruation, ainsi qu'aux hommes présentant quelques symptômes de maladie syphilitique.

La saison la plus avantageuse pour faire usage des eaux de Bourbonne est du 1er mai au 1er octobre; et c'est, en effet, le temps pendant lequel les étrangers affluent le plus à Bourbonne.

L'emploi du bain et de la douche pendant 21 jours sans interruption, complète ce qu'on appelle *une saison*; mais sans chercher la cause qui a déterminé cet espace de temps, nous dirons que peu de baigneurs se bornent à prendre une seule *saison*, et que la majeure partie en prend une seconde, qu'on est dans l'habitude de séparer de la première par un intervalle de cinq à six jours, pendant lesquels on s'abstient de tout usage de l'eau minérale. Cet espace de temps entre deux saisons se nomme *repos*.

« Beaucoup s'imaginent, a dit *Hubert Jacob*, que, pour prendre les eaux minérales, » il ne faille faire que de se jeter dedans à » corps perdu, au surplus voudraient vivre » à leur liberté ; les autres, mieux avisés, » suivent l'avis du rationnel médecin. Pour » régler les uns et les autres, faut tenir pour » maxime que le régime de vivre est si nécessaire en buvant les eaux minérales, » que sans icelui on se tourmente en vain à » prendre et faire tant de sortes de remèdes » pour rétablir sa santé. Tous ceux donc » qui boivent les eaux minérales se doivent » proposer la sobriété ès-manger et au boire, et l'observer. »

Nous ne saurions donc trop répéter aux baigneurs que ce qui doit le plus contribuer à l'action des eaux, c'est un régime sage et bien suivi, parce qu'il peut beaucoup avec elles, et qu'elles ne peuvent rien sans lui.

On défend donc généralement de faire usage de ragoûts épicés, de salade, de fruits, de toute espèce de laitage, et surtout de liqueurs fortes. Il est du reste de toute nécessité de se laisser diriger par un de ces médecins honorables qui fréquentent l'établissement thermal, et à qui une pratique longue et étudiée a donné une juste appréciation de l'emploi des eaux de Bourbonne dans les différents genres de maladies; « car, dit le » savant Alibert, les bons médecins font les » bonnes eaux. En effet, que m'importent » les principes minéralisateurs, leur éner» gie, leur température, s'il n'y a pas dans » l'établissement un guide sage et prudent » qui me dirige dans l'emploi que je dois » faire d'un agent thérapeutique aussi puis» sant, qui m'avertisse de ce que je dois » craindre et surtout espérer? »

C'est donc ici le cas de signaler à l'attention des baigneurs qui viennent faire usage des eaux de Bourbonne, les noms des principaux médecins de cette ville et les différents titres avec lesquels ils se présentent.

M. Villaret, médecin principal, ex-médecin en chef de l'hôpital militaire de Vichy, actuellement médecin en chef de l'hôpital militaire de Bourbonne.

Homme éminemment distingué par l'étendue et la variété de ses connaissances, M. Villaret vient d'obtenir une médaille d'argent, qui lui a été décernée par l'Académie impériale de médecine pour son mémoire de 1849, sur les eaux minérales de Vichy. Après avoir été longtemps membre de l'école pratique et chef de clinique chirurgicale à la Faculté de Montpellier, il est encore aujourd'hui correspondant du cercle chirurgical de cette ville et membre de la société d'agriculture de Strasbourg.

M. Cuvillon, médecin-major de première classe, attaché au même établissement.

Au moment où nous écrivons cette notice, on dit ce médecin distingué, occupé à rédiger sur Bourbonne et ses eaux thermales, un ouvrage qui ne saurait manquer d'être fort intéressant pour les baigneurs, s'il contient les curieuses observations que l'auteur a été à même de recueillir dans sa clinique, à l'hôpital militaire.

M. Renard, médecin inspecteur de l'établissement thermal civil.

M. Magnin, médecin inspecteur-adjoint de l'établissement thermal.

M. le docteur Balley, médecin recommandable par son instruction et son expérience. Une longue pratique, une clientèle nombreuse et surtout une connaissance approfondie des divers effets de l'eau minérale de Bourbonne dans les différents genres de maladies, doivent faire rechercher par les baigneurs les consultations utiles et précieuses de notre honorable compatriote.

M. Therrin, ex-chirurgien en chef de l'hôpital militaire.

M. Férat, ex-médecin en chef de l'hôpital militaire.

M. le docteur Causard.

M. le docteur Sauton.

Les malades qui viennent de pays très éloignés, et qui sont dans la nécessité de faire usage des eaux minérales pendant plusieurs années, pourraient, afin d'éviter les frais onéreux, la fatigue et les inconvénients d'un long voyage, passer l'hiver à Bourbonne, où ils recevraient tous les soins qu'exige leur état. Le rapprochement leur permettrait en outre de prendre des bains dans les beaux jours du printemps, et de prolonger ainsi leur traitement en raison de leurs forces et de leur genre de maladie.

Dans l'intérêt des baigneurs qui ne voudraient pas se séparer de leurs enfants, nous ne devons pas leur laisser ignorer que la ville de Bourbonne possède une école de latinité, dirigée par M. *Vitrey*, correcteur des dictionnaires de Noël et mentionné honorablement dans toutes les éditions du dictionnaire latin-français qni ont été publiées de 1845 à 1851. Ainsi, les jeunes gens qui tiendront à ne pas interrompre leurs études suivront, s'ils le veulent, les cours de cette pension, ou pourront s'adresser avec confiance à ce professeur pour lui demander des leçons particulières de langues et de mathématiques.

Les quartiers qui avoisinent l'établissement des bains civils offrent aux baigneurs des logements à toute espèce de prix : une chambre se loue par jour depuis 1 jusqu'à 5 francs, et les appartements complets de 10 à 20 francs.

Beaucoup de maisons particulières présentent à la fois des chambres garnies et une table d'hôte très bien servie, depuis le prix de 3 jusqu'à 8 fr. par jour : les mets y sont bons et convenablement apprêtés; le pain d'excellente qualité, les vins légers et d'une digestion facile; mais beaucoup de baigneurs les coupent encore avec l'*eau minérale de Larivière.*

Cette eau minérale prend son nom du village de *Larivière*, situé à 8 kilomètres au nord de Bourbonne. Elle est fournie par une source assez abondante, enfermée par une construction; et c'est à M. Habert, pharmacien à Bourbonne, qu'appartient seul le droit d'en disposer; elle est froide, limpide, sans odeur et d'une saveur saline légèrement ferrugineuse. La pellicule métallique qui recouvre sa surface, les parois du bassin, enduites d'une matière ocracée, annoncent d'une manière positive que cette eau est éminemment ferrugineuse. En effet, il résulte de l'analyse que l'eau de *Larivière* renferme, par litre, 5 grammes 10 centigrammes de principes salins qui sont :

Des carbonates de fer ;

Idem de magnésie ;

Idem de chaux ;

Des sulfates de soude;

Idem de chaux;

Idem de magnésie;

Des hydrochlorates de soude et de magnésie;

Des traces de silice et d'alumine.

Mentionnée par tous les auteurs modernes qui ont écrit sur Bourbonne, préconisée par la plupart des médecins dirigeant les baigneurs, l'*eau de Larivière* est utilisée dans beaucoup de maladies, soit qu'on la boive pure lorsque l'eau minérale de Bourbonne est jugée trop excitante, soit qu'on l'associe au vin dans les repas : on a surtout observé son action salutaire dans les affections des voies urinaires, les fleurs blanches, les pâles couleurs, le développement ou la déviation des menstrues, dans la langueur des forces digestives, les engorgements lents des viscères abdominaux et les affections calculeuses des reins et de la vessie.

La dose ordinaire est d'*un litre* par jour.

V.

ÉTABLISSEMENTS CIVILS ET MILITAIRES.

L'ÉTABLISSEMENT des bains civils appartenait autrefois aux seigneurs de Bourbonne : jusqu'au 18e siècle, il ne consistait qu'en plusieurs bassins abrités par une grande halle, où, selon le rapport de Jean Lebon, en 1590, « *tous les gens riches et pauvres vexés de toutes sortes de maladies, venaient se baigner tout nus, sans distinction d'âge ni de sexe.* » Cette grande liberté attirait « *force filles de joie et bonnes compagnes qui arrivaient de Bourgogne, Suisse, Allemagne, Lorraine et autres lieux circonvoisins.* » Mais le seigneur de cette ville et les dames dudit lieu, qui voyaient journellement leurs maris détournés de leurs devoirs matrimoniaux par ces femmes jolies et fort galantes, s'adressèrent au roi Henri IV qui, par un édit publié en 1605, institua les intendants et surintendants des établissements thermaux.

M. de Chartraire, seigneur de Bourbonne, commença en 1765 la construction d'un établissement thermal que M. de Mesme-Davaux, aussi seigneur de cette ville, renversa 20 ans plus tard, et qu'il remplaça par un corps de bâtiment tout différent du premier et dans la construction duquel il employa les pierres de l'ancien château de Bourbonne qui ne fût entièrement détruit qu'à cette époque.

Il n'est resté des constructions entreprises par M. de Chartraire que le petit temple situé sur la place des Bains et dont la forme paraît, au premier coup d'œil, être celle d'un monument érigé, dans des temps beaucoup plus éloignés, aux divinités qui présidaient aux eaux thermales. Ce temple n'a donc pas encore un siècle d'existence et ses colonnes, qui semblent attester une haute antiquité, ne doivent leur air de vétusté qu'à l'action des sels et de la vapeur de l'eau de la source qu'elles renferment.

Longtemps l'insuffisance des bâtiments destinés aux besoins des étrangers les avait forcés à se baigner et à doucher dans les maisons particulières où ils étaient logés et où ils faisaient amener l'eau thermale.

Ce dernier mode, qui fut longtemps en usage, permettait aux baigneurs d'habiter indistinctement tous les quartiers de Bourbonne; mais le nouvel établissement suffisant aujourd'hui à tous les besoins, ils recherchent avec empressement les maisons qui en sont le plus rapprochées.

Le gouvernement, qui fit acquisition des bains civils en 1812, ajouta quelques constructions à celles de M. Davaux ; mais ce ne fut qu'en 1857 qu'on fit démolir et reconstruire toute la partie postérieure de cet établissement, qui renferme la source dite le *grand bain.*

L'eau que cette source donne en abondance est contenue dans un bassin en pierres de taille auquel on a donné le nom de puisard et dont la profondeur est de 10 à 12 mètres.

Cette profondeur n'a pas été creusée ; elle est l'effet des atterrissements successifs qui ont, avec le temps, élevé à ce point le niveau actuel du terrain. Quand on vide ce *puisard* pour le curer ou pour y faire des réparations, on voit que sa partie inférieure moins large est un ancien bassin sur lequel il en a été construit un second d'un diamètre plus considérable, et que celui-ci sert de base à celui qui existe maintenant et dont les dimensions sont toutes plus grandes que celles des deux autres.

Il est donc bien évident que ces constructions ont différents degrés d'ancienneté et qu'elles ont été faites toutes les fois qu'on a été dans la nécessité d'élever l'eau de la source au-dessus du niveau du sol, à l'effet de faciliter au dehors l'écoulement de celle qui forme le trop plein et d'empêcher les eaux extérieures de venir se mêler à l'eau minérale.

Des machines hydrauliques aussi simples qu'ingénieuses, mues par un seul cheval, élèvent l'eau de ce puisard et la distribuent dans toutes les parties du local où elle est nécessaire pour les bains et les douches.

Salles d'attente et de consultation, cabinets de douche et de bain, plus nombreux, plus grands et bien aérés, corridors où la circulation est facile, piscines plus commodes et plus vastes à l'usage des indigents, voilà ce qu'offre aujourd'hui la partie nouvellement construite de cet établissement thermal, objet de la sollicitude attentive de M. de Froidefond, préfet du département de la Haute-Marne, qui ne veut rien négliger de ce qui peut tourner à l'utilité comme à l'agrément des baigneurs.

Les deux sexes occupent chacun un des côtés du bâtiment et ils y reçoivent de la part des hommes et des femmes habitués depuis de nombreuses années à ce genre d'exercice, tous les soins et toutes les attentions qu'exige leur position.

Chaque baigneur ne peut prendre son bain ou sa douche qu'en représentant aux servants les cartes qui lui ont été délivrées au bureau des entrées.

La propreté, l'ordre et la comptabilité de cet établissement sont confiés à la surveillance d'un régisseur nommé par l'état.

Le mode d'administration et tous les

moyens qui, combinés entre eux, peuvent rendre profitable l'emploi de ces eaux, n'étaient, il y a peu d'années, confiés qu'à un seul médecin *inspecteur*, mais le gouvernement, en 1840, lui adjoignit un *sous-inspecteur*.

Le prix des bains et des douches est fixé ainsi qu'il suit :

Service des Cabinets.

Bain	1 fr.	» » c.
D° avec feu.	1	25
Douche de 15 minutes et au-dessous	0	75
D° de 20 minutes.	1	» »
D° de 25 minutes	1	25
D° de 30 minutes.	1	50

Service des Bassins.

Bain	»	50
Douche de 15 minutes et au-dessous.	»	50

D° de 20 minutes.	»	65
D° de 25 minutes	»	80
D° de 30 minutes	1	» »

Dans chacun des deux services.

Etuve.	»	75
Bain de pieds.	»	25
D° de bras.	»	15

Linge.

Fond de bain	»	20
Drap de douche.	»	10
Peignoir chaud	»	15
D° froid	»	10
D° en laine.	»	15
Serviette chaude.	»	10
D° froide.	»	05

L'incessante activité de M. le Préfet, et cette sollicitude si grande qu'il montre à l'endroit de tout ce qui peut augmenter la prospérité de ce département ou accroître le bien-être de ses habitants, nous font espérer que ce magistrat honorable, cet administrateur habile sera plus heureux que bon nombre de ses devanciers et qu'il pourra obtenir enfin du gouvernement les fonds nécessaires, et attendus depuis si longtemps, pour opérer d'une manière convenable l'achèvement de notre établissement thermal, où l'on voit chaque année augmenter le nombre des malades qui viennent, de tous les points de la France, demander sinon la guérison, tout au moins un soulagement aux maux qui les assiégent.

L'hôpital militaire de Bourbonne a été fondé pendant le règne de Louis XV, l'an 1732, sur l'emplacement du *bain patrice.*

Les bâtiments furent augmentés en 1788, mais les améliorations successives qu'on y a apportées tous les ans depuis 1815, ont contribué à en faire aujourd'hui un des plus beaux établissements qui existent en ce genre, et l'on en a complété la forme et l'étendue en 1833 par la construction d'une belle caserne destinée à loger un détachement d'infanterie pendant la saison des eaux.

L'hôpital militaire de Bourbonne peut contenir chaque année 600 malades par *saison*, mais il n'en reçoit guère que 3 à 400. Ce bel édifice, indépendamment des nombreuses et vastes salles qu'il contient, renferme, dans son enceinte, trois grandes cours plantées de tilleuls et de peupliers sous l'ombrage desquels les malades trouvent, pendant les grandes chaleurs de l'été, une fraîcheur et une promenade agréables.

Les militaires de tous grades peuvent chaque dimanche, à 11 heures du matin, assister à une messe basse, dite dans la chapelle de l'hôpital, par M. le Curé de Bourbonne, aumônier de cet établissement.

Deux réfectoires spacieux et bien aérés sont destinés, l'un à l'usage de MM. les officiers, l'autre à celui des sous-officiers et des soldats.

Un laboratoire et une pharmacie pourvue de tous les médicaments nécessaires aux besoins des malades sont placés au centre de l'établissement.

L'aile de bâtiment, destinée à l'usage du bain et de la douche, est divisée en deux parties :

La première contient les cabinets de douches et les piscines, où sous-officiers et soldats prennent leurs bains par escouade et tous les jours à la même heure sous la surveillance de l'officier de santé de garde. La seconde, destinée aux officiers, se compose de plusieurs cabinets de douches, d'une salle de bains renfermant une vingtaine de baignoires en pierre, garnies de plomb, et d'une autre petite salle séparée, qui est exclusivement destinée à l'usage des officiers supérieurs.

Le service de santé est confié aux soins d'un médecin en chef, d'un chirurgien en chef, d'un pharmacien en chef, ayant sous leurs ordres un chirurgien *aide-major* et huit chirurgiens et pharmaciens *sous-aides-majors*.

La comptabilité et le matériel entier de cet hôpital sont confiés aux soins et à la surveillance d'un *officier comptable* ayant sous ses ordres plusieurs adjudants de l'administration des hôpitaux militaires.

La police est exercée par le sous-intendant militaire du département, dont la résidence est fixée à Bourbonne pendant la saison des eaux.

6

VI.

EXCURSIONS AUX ENVIRONS DE BOURBONNE.

Après avoir fait connaître le mode d'administration de l'eau minérale de Bourbonne, nous allons nous occuper de donner aux étrangers les diverses indications à l'aide desquelles ils pourront se procurer plusieurs distractions pendant leur séjour en cette ville, surtout pendant le temps du *repos*, qui paraît être celui qu'ils redoutent le plus, à cause du vide qu'apporte dans leurs habitudes la cessation complète de tout usage de l'eau thermale.

Une campagne fertile, un climat doux et tempéré, de belles prairies, des côteaux couverts de vignes et de bois, font de Bourbonne un séjour des plus agréables pendant quatre ou six mois de l'année.

La coutume généralement suivie à Bourbonne est de prendre son bain entre cinq et neuf heures du matin, et de se remettre immédiatement au lit jusqu'à l'heure du déjeuner, qui a presque toujours lieu partout vers les dix heures.

Entre le déjeuner et le dîner se trouvent six ou huit heures que chaque baigneur peut dépenser à son gré ; elles sont ordinairement partagées entre la toilette, les visites, la promenade et les causeries de salon.

Outre les diverses promenades dont nous avons déjà parlé, plusieurs chemins bien entrenus conduisent dans les environs ; celui de la vallée de Montlétang est un des plus fréquentés : resserré entre deux collines bien cultivées, bordé de petits jardins et de riantes prairies, il conduit aux forêts qui, peu éloignées de la ville, deviennent aussi un but de promenade agréable.

Nous signalons comme lieux les plus convenables à ces réunions, nommées *parties de bois*, la fontaine de *Beauregard*, la *place Gauthier* et le *Val de Borne*.

Les alentours de la ville de Bourbonne présentent partout une magnifique végétation ; des sentiers nombreux traversent la campagne et offrent aux promeneurs qui s'écartent des grandes routes une excursion qui n'est pas sans attraits : pour les personnes qui ont chevaux et voitures, deux routes se disputent l'honneur des soirées ; ce sont celle de Paris et celle qui conduit au village de *Fresnes* ; mais cette dernière, située près de vastes prairies et au pied de coteaux agréablement variés, obtient presque toujours la préférence.

Nous ne saurions trop engager les étrangers à visiter le village de *Coiffy-le-Haut*, ainsi que les ruines de son château, qui jouissait autrefois d'une grande célébrité et dont la construction remonte à la fin du 12e siècle.

Des médailles romaines, des statues mutilées et des inscriptions trouvées sur le territoire de Coiffy laissent penser qu'il existait déjà, du temps des Romains, des habitations aux lieux où ce village est construit. Sous le règne de Charles VII, en l'an 1428, le château de Coiffy tomba au pouvoir des Anglais commandés par *Thomas* de Montaigu, comte de *Salisbury*, qui en resta maître jusqu'en 1435, époque à laquelle il fut repris par les Français.

François Ier, pendant la guerre contre Charles-Quint, voulant défendre par des places fortes cette partie des frontières de ses états, ordonna l'augmentation des fortifications du château de Coiffy et y fit conduire un matériel d'artillerie considérable qu'il confia à la garde d'un de ses plus vaillants généraux.

Tombée au pouvoir des troupes autrichiennes commandées par *Galas*, cette forteresse fut peu de temps après reprise et saccagée par les Suédois venus comme alliés de la France sous la conduite du duc de Saxe-Veimar, et sa démolition complète eut lieu en 1635, par ordre du roi.

La vue étendue et pittoresque dont on jouit du haut des ruines de l'antique château de Coiffy et les souvenirs qui se rattachent à son histoire, sont deux motifs assez puissants, nous pensons, pour déterminer les baigneurs à leur consacrer une des journées qu'ils viennent passer à Bourbonne.

Des débris de murailles, des revêtements de fossés, des bastions à demi-écroulés, témoignent encore de la haute importance qu'avait autrefois le château du village d'*Aigremont*, qui tire son nom de sa position sur une montagne très haute et très escarpée.

On ignore à quelle époque remonte la construction du château d'Aigremont, mais on sait que les seigneurs de ce lieu se distinguèrent en Palestine sous Godefroy de Bouillon.

Ce fut vers l'année 1295 que ce vieux manoir passa par alliance dans la famille des Choiseul, qui prirent le titre de prince d'Aigremont, et possédèrent ce fief pendant plusieurs siècles.

Les amateurs d'antiquités trouveront dans l'église de ce village deux tombes dont l'une, représentant un chevalier couvert de son armure et foulant un lion à ses pieds, est celle de *Philibert de Choiseul, baron et souverain d'Aigremont*; l'autre, représentant une châtelaine ayant à ses pieds un chien, est celle *d'Antonine de Fouchyer*, femme du précédent. Ces tombes, entourées toutes deux de nombreux écussons, paraissent dater des commencements du 16e siècle.

La route départementale de Bourbonne à Neufchâteau passant au pied de la montagne de la Mothe, les baigneurs peuvent en une petite journée faire une visite aux ruines de l'ancienne et malheureuse ville de ce même nom, qui soutint en 1634 un siége long et mémorable ou le fameux *Turenne* fit ses premières armes, et qui, en 1645, résista avec un courage non moins héroïque à un autre siége à la fin duquel, malgré la foi des traités, *Mazarin* fit saper les remparts, brûler et renverser toutes les maisons de la ville dont les malheureux habitants, privés de tous leurs biens, furent réduits à implorer la pitié des paysans voisins.

Du haut de cette montagne, de ces rochers noircis par le temps et par le feu, on découvre, à cinq kilomètres environ au nord-ouest, la plaine de Pontpierre où Gontran fit don de son royaume de Bourgogne à Childebert, roi d'Austrasie, et le fit asseoir sur son trône en 577.

A 25 kilomètres nord-est de Bourbonne et à l'ouest des plaines de Bulgnéville, où *René le Bon*, duc de Lorraine, fut vaincu et fait prisonnier en 1431 par Philippe, duc de Bourgogne, s'élève le *chêne des partisans*, situé dans la forêt du village de la *Vacheresse*.

Nous ne saurions trop recommander aux étrangers d'aller voir cet arbre énorme qui a environ 34 mètres d'élévation et 26 d'envergure, 5 mètres de circonférence à la naissance des principales branches, 8 de contour à hauteur d'homme et plus de 12 au-dessus du *collet*.

Ce géant des forêts mérite, à juste titre, la renommée dont il jouit et l'empressement des curieux qui viennent le visiter.

Le *chêne des partisans*, qui conserve encore toute sa vigueur, compte plus de huit cents ans d'existence : car il était déjà fort remarquable au 14e siècle et servait de rendez-vous à ces bandes dévastatrices qui, sous le règne des premiers Valois, se vendaient au plus offrant dans les temps de guerre, ou se ruaient sur les malheureux paysans, portant partout la désolation, lorsqu'elles n'étaient soudoyées par aucun *parti*. Les *partisans* qui se réunissaient sous l'arbre auquel ils ont légué leur nom, furent longtemps la terreur de la Lorraine, de la Champagne et de la Franche-Comté, trois provinces soumises alors à trois souverains différents.

Quelques ruines restent encore de la puissante et célèbre abbaye de Morimond, située à 15 kilomètres de Bourbonne ; elles peuvent devenir pour quelques étrangers un but de promenade intéressante.

Enfin, la ville de Bourbonne offre encore un moyen de distraction : c'est le salon de l'établissement thermal dont on obtient l'entrée moyennant une petite somme que l'on paie à la personne qui s'en est rendue adjudicataire. Plusieurs appartements occupent tout le *rez-de-chaussée* de la façade *est* du bâtiment. Le billard, les journaux, les jeux et la danse y ont chacun un local séparé; on peut y prendre toutes sortes de rafraîchissements, et multiplier les bals au gré des abonnés.

Depuis quelques années les réunions qui ont lieu chaque jour au salon de l'établissement thermal ont pris une animation et un développement remarquables.

Les baigneurs se donnent rendez-vous, pendant la journée, au jardin de cet établissement, d'où les regards embrassent la majeure partie de la ville, si pittoresquement disposée sur la pente d'un côteau; et chaque soir on retrouve au salon une réunion charmante et distinguée, composée des femmes les plus jolies et des hommes les plus considérables. Baigneurs civils et militaires, tout le monde est là réuni, formant une mosaïque vivante qu'on ne saurait rencontrer nulle autre part.

En effet, à côté de la tunique sombre et sévère de notre belle infanterie, on retrouve le costume élégant du zouave et du spahis ; et les séduisants et légers uniformes des chasseurs d'Afrique et des hussards se confondent dans cette foule où brillent aussi ceux de l'artillerie, des lanciers et des chasseurs. Des femmes jeunes, parées, élégantes, montrent des visages charmants, des tournures gracieuses, et se livrent gaiement aux plaisirs de la danse. Quadrille, valse, polka, mazurka, entraînent tous ces danseurs et danseuses, si heureux d'être là, dégagés d'une froide et fatigante étiquette. Et tandis qu'enfin, tous les corps de l'armée française semblent vouloir être représentés dans ces joyeuses réunions, des hommes et des femmes de tous les âges et de toutes les conditions paraissent à leur tour représenter la population civile des points les plus opposés de la France.

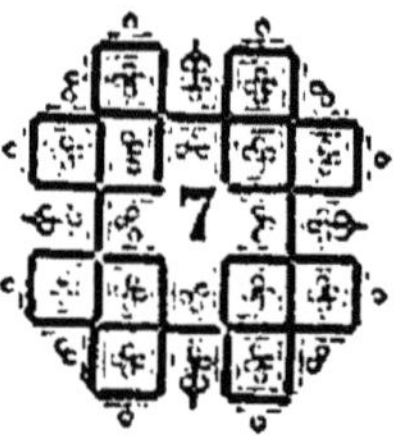

VII.

ARTS, INDUSTRIE, COMMERCE, AGRICULTURE.

En examinant la nature des substances litho-géologiques qui forment la stratification du territoire de Bourbonne, on n'y trouve aucun indice de l'existence des matières propres à la formation d'une eau thermale saline, telle que celle qui est fournie par les sources que nous avons décrites. Ces couches, où la terre siliceuse se rencontre rarement, sont presque partout de nature *argilo-calcaire*, imprégnées de fer, qui les colore diversement depuis le gris jusqu'au noir dans beaucoup d'endroits, et en rouge dans quelques autres.

On y trouve sur quelques points des dépôts de *sulfate de chaux*, mais on ne voit d'aucun côté rien qui annonce la présence de *mines métalliques*, de *charbon de terre*, de *bitume*, de *sel*, etc., etc., et, quoiqu'en général le terrain ne soit pas de la première fertilité, nulle part aucune cause autre que l'aridité de quelques lieux secs et rocailleux au sommet des montagnes n'y altère la végétation.

La petite et la moyenne propriété dominent dans ces localités ; les terres y sont chères et bien travaillées ; la culture semble au premier aspect riche et prospère, mais elle pèche sur un point capital, le morcellement des terres et la brièveté des baux.

La culture le plus en usage dans ce pays est celle dite *triennale* ; depuis peu d'années seulement, ne voulant pas restreindre l'étendue consacrée au blé et sentant d'un autre côté le besoin d'augmenter leurs fourrages, les cultivateurs ont modifié leur assolement triennal par la culture des trèfles, des pommes de terre et des colzas dans les jachères.

Les collines les moins propres aux céréales sont presque toutes destinées à la luzerne, dont la culture très étendue dans ce pays n'a pas peu contribué à l'augmentation du bien-être des cultivateurs et à l'amélioration du bétail.

La vigne se cultive sur la majeure partie des coteaux de cette contrée, et les vins qu'elle produit varient beaucoup en qualité. Sa culture est généralement assez bien entendue, si ce n'est que les vignerons s'attachent par trop à la quantité et lui sacrifient souvent la qualité, en propageant de préférence des variétés de plant qui produisent beaucoup et font un vin médiocre, dont la fabrication est du reste assez bien comprise et assez bien pratiquée.

Les vins de Bourbonne, vieux et récoltés dans les bonnes années, sont généralement estimés par les étrangers, et nous en conseillons l'usage de préférence aux vins de Bar, d'Arbois, d'Aubigny, de Bourgogne, etc., etc., qui sont jugés trop excitants pour les malades.

On pourra faire acquisition des vins de Bourbonne, au prix de 1 à 2 fr. la bouteille, chez les personnes aisées qui sont propriétaires de vignes et qui n'en altèrent jamais la qualité par aucun mélange.

A Bourbonne toutes les races d'animaux domestiques laissent beaucoup à désirer; les moutons sont petits, les bœufs rarement bien gras, les vaches d'une taille et d'une qualité fort ordinaires.

Quant aux chevaux, nous en trouvons la race bien améliorée, si nous comparons celle qui existe aujourd'hui à celle que possédaient, il y a vingt ans, les cultivateurs de Bourbonne, chez plusieurs desquels on rencontrait encore à cette époque de petits chevaux sans forme et sans vigueur, derniers et tristes descendants des fameux chevaux de l'Ukraine, que Stanislas, roi de Pologne, avait importés dans le duché de Lorraine.

Si nous regrettons, sous le rapport commercial et industriel, que l'impôt dont on a frappé le sucre indigène ait entraîné la suppression d'une fabrique de sucre de betteraves établie près de la ville de Bourbonne, nous ne saurions trop louer et encourager l'infatigable activité des propriétaires d'une carrière de *gypse*, située à environ 3 kilomètres de cette ville. Un déplacement de terres considérable, la construction immédiate de plusieurs bâtiments d'exploitation, l'emploi d'un nombreux personnel, voilà les obstacles contre lesquels ces industriels ont eu à lutter, dès leur début. Un côteau inculte a été couvert de belles prairies artificielles; des terres déplacées à grands frais ont donné naissance à de jolis jardins; des machines aussi simples qu'ingénieuses ont remplacé avantageusement les dépenses journalières de la main-d'œuvre, et tout cela, nous n'en doutons pas, devra contribuer à en faire, pour les étrangers, un but de promenade agréable et un intéressant objet de distraction.

Dans les diverses carrières de plâtre que l'on exploite tant à Bourbonne que dans les environs, il s'en trouve de plusieurs couleurs, mais le plus abondant est le *gris*. Le blanc et le rose sont beaucoup plus rares et leur filon est toujours peu épais et a peu d'étendue; on en rencontre aussi quelquefois une fort belle espèce dite alabastrite ou *faux albâtre*. On voit encore aujourd'hui, dans l'église paroissiale de Bourbonne, le rétable du maître-autel ainsi que 4 colonnes de 7 à 8 pieds de hauteur et d'une seule pièce, qui sont faits de cette pierre.

Le plâtre que fournissent toutes ces carrières passe pour être d'une excellente qualité : aussi l'exporte-t-on assez loin tant pour y être employé dans les constructions que pour être jeté sur les prairies artificielles pour la culture desquelles il est aujourd'hui devenu un objet de première nécessité.

Les pierres employées dans la construction des maisons à Bourbonne sont de deux espèces différentes : les moëllons, qui, extraits des carrières assez rapprochées de la ville, sont de nature *calcaire* et produisent une chaux *grasse* très estimée ; les autres, destinées seulement à la confection des portes, fenêtres, corniches, etc., etc., sont des pierres de *grès*, extraites des carrières de Châtillon-sur-Saône ; elles supportent bien le travail du ciseau, sont susceptibles d'un assez beau poli et presque les seules employées dans la construction des bâtiments publics.

On rencontre sur plusieurs points du territoire de Bourbonne beaucoup d'espèces de coquillages *fossiles*, les uns seuls, les autres réunis et assis sur un sédiment que les siècles ont durci, tels que : ammonites, bélemnites ou orthocélarites, etc., etc.

L'exploitation des diverses carrières de pierre calcaire des environs de la ville, offre journellement des débris *fossiles* d'animaux antédiluviens, dont la plus grande quantité appartient à des reptiles de l'ordre des *sauriens* ; dans les carrières de grès on ne trouve au contraire que des débris fossiles appartenant au règne végétal et principalement à la famille des fougères.

TABLE DES MATIÈRES.

www.ingramcontent.com/pod-product-compliance
Ingram Content Group UK Ltd.
Pitfield, Milton Keynes, MK11 3LW, UK
UKHW020339230726
13925UKWH00003B/877